AF130222

Silke Wojtowitz

Gefühlsströme

auf den Wellen des Lebens

Bibliografische Information der Deutschen Nationalbibliothek:
Die Deutsche Nationalbibliothek verzeichnet
diese Publikation in der Deutschen Nationalbibliografie;
detaillierte bibliografische Daten sind im Internet über
www.dnb.de abrufbar.

Impressum

Herstellung und Verlag:
BoD – Books on Demand, Norderstedt
ISBN 978-3-7322-3175-1
Germany (EU)
http://www.bod.de

Herausgeberin: Silke Wojtowitz
Copyright © (2013) Silke Wojtowitz

Alle Rechte liegen bei der Autorin
www.siltowi.de
Umschlaggestaltung, Fotos:
Silke Wojtowitz, Adrian Wojtowitz
11,90 Euro (D)

Gefühlsströme
auf den Wellen des Lebens

„Für meine Familie, die ich sehr liebe,
denn die Liebe ist
das höchste Gut unserer Erde!“

Gefühlsströme

„Mit Schöpferkraft, Illusionen und Licht
erscheint da die Kunst
wie ein schwimmendes Gedicht."

Ist es nicht eigenartig, dass es einem manchmal so vorkommt, als würde man nicht richtig leben, sondern nur im Strom der Zeit dahinschwimmen, zwischen dem stetigem Hin und Her der Pflichten, dem Muss und dem Wollen?

Ich muss mich entscheiden zwischen wichtig und unwichtig, nützlich und unnütz.

Was bedarf Aufschub, was muss sofort erledigt werden? Was hat Folgen?

Ist es eigentlich egal, ob es jetzt geschieht oder später oder gar nicht?

Bin ich überhaupt?

Oder schwebe ich mit meinem Gedanken über mir, beobachte mein Tun, meine Niederlagen und meine Erfolge.

Werde ich getrieben oder treibe ich mich selbst, wohin auch immer?

Warum lasse ich mich hetzen, jagen, drängen?

Wie viel Kraft und Zeit besitzt ein Mensch?

Wie viel verschenkt er davon an andere?

Wie viel bleibt für seine eigene Seele, ja, für seinen Körper oder seine Bedürfnisse, welcher Art auch immer übrig, wenn er diese Kraft plötzlich braucht?

Gibt es die Kraftreserven überhaupt? Wie tapfer erträgt mancher seine Leiden und wie ungeduldig ein anderer.

Liegt dies daran, dass jeder Mensch aus einer anderen Wahrnehmung handelt?

In unserem Inneren sitzt etwas, das uns sagt, wie wir handeln sollen oder könnten. Manche mögen es das Gehirn nennen, welche uns die Befehle gibt. Andere nennen es Herz, Seele, Gefühl oder Intuition.

Vielleicht ist es auch Mitleid oder Egoismus, der Wunsch, etwas bewegen zu wollen oder einfach die Freude am Leben.

Jeder Mensch meint damit aber diesen Gefühlsstrom, die ungebändigte Energie, welche durch unsere Adern fließt.

Einen Strom, der die Gedanken schickt, Entscheidungen heraufbeschwört und das Bewusstsein öffnet.

Jeder Moment ist eine Entscheidung, jede Sekunde eine Wandlung. Nichts ist so, wie es eben noch war. Unser Geist muss sich unmittelbar den Geschehnissen anpassen.

Die Sinne müssen fliegen lernen, die eben noch erstrebenswerten Ideen sich umstrukturieren lassen.

Also leben wir im Bewusstsein der ewigen Veränderlichkeit.

Daher ist es so schwer, innezuhalten und sein Werk zu betrachten oder es zu genießen. Denn auch in dieser Zeit rattert das Uhrwerk weiter, wechselt die Szene und weicht eine eben bestandene Situation der nächsten.

Wir sind! Aber unsere Zeit ist begrenzt.

*

Wer sagt mir

Wer sagt mir, welch Sturm durch die Sinne fegt
und dabei Liebe und Freundschaft erlegt,
mit krachender Macht die Wogen erklimmt
mit uralter Kraft missgelaunt und verstimmt.

Wer sagt mir, wann immer dies Leiden geheilt,
wo Stolz und Natur doch so arg sind verkeilt.
Wer könnte dies ändern, wer hat die Macht?
Nur jemand, des´ Seele vor Freude gern lacht!

Denn wer mir beweist, dass am Ende das Licht
im Innern des Menschen doch nimmermehr bricht.
Der sagt mir genau in diesem Moment,
dass Liebe alles Dunkle der Welt verdrängt!

S.W

Hoffnungsschimmer

„Hast du ihn gesehen? Zart stieg er empor,
ein kleiner Funken Hoffnung, so winzig nur
und doch so vielversprechend. "

Das trockene Laub wirbelte in weichen Wellen empor, als sie mit ihrem Renault durch den Thüringer Wald fuhr.

Hunderte Meter voraus lichtete sich der Forst endlich. Sie bog in eine asphaltierte Straße ein und kam schneller voran. Die hohen Fichten, die dicken knorrigen Eichen und auch die üppigen Linden standen nun weiter auseinander und gaben den letzten Sonnenstrahlen eine Chance, das Laub an diesem Herbstnachmittag in warmen Farben schimmern zu lassen.

Von Zeit zu Zeit rieselte eine Ladung abgefallener Blätter durch das offene Schiebedach des Wagens auf ihr Haar und die Schultern, als wollten sie die Insassin sanft streicheln.

Katja folgte dem Schlängeln der Serpentinen fast unbewusst. Der eintönige Rhythmus des Motors machte sie schläfrig. Sie fühlte sich erschöpft, nicht nur von der langen Fahrt, sondern auch durch die vergangenen Tage. Sie kannte jeden Baum auf der Route, jede Erhebung, jeden kleinen Waldweg.

Seit vielen Jahren fuhr sie regelmäßig durch das riesige Gehölz. Eine grüne Umgebung versunken in Gerüchen erdigen Bodens, feuchten Laubes und duftender Pilze; vorausgesetzt natürlich, man öffnete die Fenster seines Wagens.

Oder man stieg zwischendurch einmal aus, um den Anblick und die Magie der Blaubeerfelder, der Brombeerhaine oder auch nur das Gefühl des raschelnden Laubes auf samtigem Boden unter den Füßen zu genießen. Derzeit nahm die Fahrerin jedoch die Schönheit ihres Umfeldes kaum wahr.

Ihre Gedanken schweiften bereits weit voraus, zu ihren Schwestern in ihrer Heimatstadt Geesthacht, deren Rat sie dringend benötigte. Sie fuhr und fuhr, bergauf, bergab. Zwar ein wenig zu schnell, aber gerade noch so, dass sie meinte, den Wagen im Griff zu haben.

Sie war es gewohnt, längere Strecken zu bewältigen. Normalerweise fuhr sie für die Servicestelle einer in Geesthacht ansässigen Versandfirma mit einem mittelgroßen Transporter über Land. Von Flensburg bis München, von Frankfurt bis Chemnitz; diese Strecken waren ein Klacks für eine versierte Kraft wie Katja.

Sie stellte ein wichtiges Verbindungs-glied zwischen verschiedenen Firmen dar. Die dadurch gewonnene Freiheit, nämlich jederzeit eine Pause machen zu können und die Landschaft zu genießen, war die Belohnung für die Strapazen.

In einem Picknickkorb auf dem Beifah-rersitz befanden sich noch Reste des Rei-seproviants, den sie sich in einem Vorort von Dresden eingepackt hatte. Es war nicht mehr viel übrig. Ein viertel Brotlaib, etwas Schafskäse vom Griechen an der Ecke sowie zwei Tomaten. Auf ihrem Rückweg über die Landstraßen hatte sie glücklicherweise noch einen offenen Ge-tränkeshop gefunden, in dem sie sich mit Wasser versorgte. Leider gab es dort kei-ne Schokolade. Schade, denn ein wenig Nervenfutter würde jetzt gut tun, hätte vielleicht die Müdigkeit aus den Gliedern verjagt.

Plötzlich neigte sich vor ihr das Gelände senkrecht in die Tiefe. Katja trat mit aller Kraft auf die Bremse, die Hände vor Schreck am Lenkrad verkrampft. Der Renault schlingerte und kam mit quiet-schenden Reifen zum Stehen. Langsam stieg sie aus und besah sich das Malheur.

Wo einmal die Straße gewesen war, be-fand sich jetzt eine fünf Meter breite und mindestens anderthalb Meter tiefe Furche. Die ausgewaschene geöffnete Erde glich einem empfindlichen Herz, aufgerissen und verletzt.

„Verdammt!", entfuhr es ihr. „Hier also auch." Der Regen der vergangenen Tage hatte ein gutes Stück des Asphalts weggeschwemmt. Wie in so vielen Ecken des Landes hatte auch hier das Unwetter erbarmungslos zugeschlagen. Einige mit Efeu umrankte Bäume standen wagemutig an der abgerutschten Kante der Böschung, als würden sie jeden Moment umfallen. Die langen Triebe des Schmarotzers hangelten wie um Halt suchend wild in der Luft herum, griffen jedoch ins Leere. Unzählige Bäume lagen umgestürzt kreuz und quer auf dem Waldboden. Sie gaben die Sicht frei auf ein riesiges Wasserstauwerk, der Überweg zu dem anderen Teil des gewaltigen Gehölzes. Die Straße sollte Katja genau dorthin führen. Und nun dieses Hindernis.

Die Schleusen des Stausees waren geöffnet. An mehreren Stellen stürzte die Flut mit Getöse ins Tal, um sich weiter unten in einen reißenden Strom zu vereinen. Für einige Sekunden starrte Katja wie gebannt auf das Zauberspiel der Gewalten. Dann riss sie sich von dem Anblick los. Sie musste weiter, doch wie? Sie sah auf die Straße zurück, die sie gekommen war. Ihr Blick fiel auf einen schmalen Pfad, der sich quer in den Wald schlängelte.

„Na gut, versuchen wir es", knurrte sie.

Sie wendete das kleine Auto und lenkte es langsam zwischen kleinen Birkensprösslingen hindurch. Der Weg stellte sich als sehr uneben heraus, doch sie fuhr behutsam Stück für Stück entlang der zerstörten Waldschneise. Dabei behielt sie ständig das Sperrwerk im Auge.

Schließlich landete sie auf einem breiten Sandweg und folgte dessen Verlauf bis er einen scharfen Knick machte. Ihr blieb nichts anderes übrig, als wiederum querfeldein zu fahren. Vor ihr wurde das Gelände abschüssig. Sie rumpelte über die hügelige Laubdecke bis sie endlich auf der Zufahrt zur Stauseebrücke stand.

Katja atmete auf. Geschafft! Erst jetzt spürte sie ihre trockene Kehle. Sie nahm einen großen Schluck aus der Wasserflasche, steckte sie wieder ein und gab Gas, denn die Zeit drängte. Sehnsüchtig wünschte sie, schon bei ihren Schwestern zu sein. Vor allem mit Barbara musste sie sprechen. Sie war eine angesehene Ärztin in Geesthacht und unglaublich klug.

Sie gab Vorlesungen und setzte sich oft für wildfremde Menschen ein. Deshalb war Katja auf den Weg zu ihr. Sie liebte jede ihrer vier Schwestern. Zwischen ihnen schien ein unsichtbares Band zu bestehen.

Dina, die jüngste von ihnen, lebte in Dresden. Sie hatte einen netten Sachsen geheiratet, der ein kleines Elektrogeschäft besaß. Wenn es ihre Zeit zwischen den Aufträgen erlaubte und sie gerade in der Gegend war, besuchte Katja die kleine Schwester. Manchmal wurde sie auch von einer der anderen Schwestern begleitet. Dann gingen sie in den Wäldern spazieren, sprachen über ihre Kindheit und lachten über die Streiche, die sie damals ausgeheckt hatten.

Doch diesmal war alles anders gewesen. Dina war hochschwanger. Sie sollte Zwillinge bekommen. In einigen Wochen würde sie entbinden. Katja sah gleich, dass es ihr nicht gut ging. Das war kein Wunder. In den letzten zwei Wochen hatten Dina und ihr Mann, wie so viele andere auch, den Horror auf Erden erlebt.

Eine gewaltige Flutwelle war auf Dresden zugerollt. Große Teile der schönsten Ecken der Stadt waren meterhoch überschwemmt worden.

Unvorstellbar erschienen die Zerstörungen, als das Wasser wieder zurückgegangen war. Das Geschäft des Schwagers im Erdgeschoss eines Altbauwohnblockes stand fast bis zur Decke unter Wasser.

Die Wohnungen darüber waren durchfeuchtet wie alles in dem Haus. Dina hatte ihr Hab und Gut auf den Speicher unter dem Dach geschleppt, wo sie im Moment in einem winzigen Raum mit nur einem Heizlüfter hausten. Ein schmales Bett stand ihnen zur Verfügung und ein Gaskocher.

Die Wände in den Wohnräumen der unteren Etagen waren inzwischen zwar vom stinkenden Putz befreit worden, doch hier sah man nur noch nacktes feuchtes Mauerwerk. Es war kalt im ganzen Haus. Viele der Bewohner husteten, schnieften und bekamen Fieber. Sie alle waren verzweifelt, konnten sich nicht vorstellen, wie es weitergehen sollte. Trotz der großen Spendenbereitschaft im In- und Ausland fehlte es an Koordination. Die wenigsten der Menschen wussten, was sie tun sollten.

Wo anfangen, woher das Geld nehmen? Katja hätte am liebsten überall zugleich mit angepackt. Sie hatte noch nie so viele Leute weinen sehen. Ihre Schwester Dina lag ihr natürlich besonders am Herzen, so leid wie ihr die anderen auch taten.

Doch um Dina sorgte sie sich besonders wegen der bevorstehenden Entbindung. Das nächste funktionsfähige Krankenhaus war weit, das Auto ihres Schwagers mit den Fluten davongeschwommen und der Raum auf dem Dachboden viel zu kalt. Die Hautfarbe der Schwester war grau. Ein schlechtes Zeichen! Die Angst vor Epidemien geisterte durch die Stadt. Der Schlamm auf den Straßen stank bestialisch und barg sicherlich große Gefahren. In den Augen ihrer Schwester stand tiefe Verzweiflung. Katja hatte sie so gut es ging getröstet und ihr versprochen für Hilfe zu sorgen. Mit ihrem Privatwagen war sie aufgebrochen und sauste Richtung Norden, in der Hoffnung Leute zu mobilisieren, die vor Ort mit anpackten. Barbara kannte viele einflussreiche Leute. Sie galt es aufzuscheuchen.

Langsam senkte sich die Dämmerung über die Straße. Katja hatte inzwischen die Autobahn erreicht. Der Motor surrte. Sie betete im Stillen, dass er sie nicht im Stich lassen würde. Selten war sie mit ihm auf weiten Strecken derart schnell gefahren, selten auf so unwegsamen Wegen. Die Böschungen huschten an ihr vorbei, bruchstückweise zeigten sich Brücken über der breiten Autostraße. Kaum gesehen, wieder entflohen.

Ach, was war sie nur müde!

‚Keine Pause machen, weiterfahren', sagte ihr Herz. Sie wusste, dass dies unvernünftig war, doch das Ziel, dem sie entgegen fuhr, näherte sich beständig.

Sie griff noch einmal in den Essenskorb und langte nach einem Stückchen Schafskäse. Wie in dem Buch „Mio, mein Mio" schien sie mit den kleinen Teilchen neue Energie und Kraft zu bekommen. Noch ein Stück und noch eins und ein Teil vom Brot abbrechen, in den Mund geschoben. Aufatmen!

Katja sperrte die Augen auf und erkannte gerade noch das Abfahrtsschild nach Geesthacht. Sie riss das Steuer nach rechts und raste fast ins Gebüsch neben der Abfahrt. Hinter ihr hupte es unangenehm. Irgendjemand überholte sie forsch.

„Blödmann!", zischte sie zitternd.

Sie wusste selbst nicht mehr, wie sie den Weg zu Barbaras Apartment gefunden hatte. Plötzlich stand ihr Wagen davor und sie stieg mit wankenden Beinen aus. Die weiß getünchten Häuser waren hell erleuchtet. Katja stolperte zum Eingang. Da ergriff sie jemand am Arm.

„Geht es Ihnen nicht gut, junge Frau?"

Sie fiel fast in zwei hellblaue Augen, die zu einem kräftigen Mann gehörten, der eine dunkle Uniform trug.

„Ich ..., ich bin nur etwas erschöpft."

„Das sieht man. Zu lange Auto gefahren?"

Sie wich seinem prüfenden Blick aus. „Ich muss dringend zu meiner Schwester!", flüsterte sie.

„Und deshalb kappen Sie fast die Büsche an der Autobahn? Ich bin Ihnen bis hierher gefolgt!" Katja versank fast in ihrer Jacke. Auch das noch, er hatte sie beobachtet. Hoffentlich nahm er ihr jetzt nicht ihren Führerschein ab. Das würde eine Katastrophe bedeuten.

„Getrunken haben Sie aber nichts?", fragte er, komischerweise immer noch freundlich, obwohl er sie weiterhin festhielt.

„Nein, nein, ich bin nur eine lange Strecke durchgefahren. Weil es so eilt!", flüsterte sie. Katjas Knie wurden immer weicher.

Er schnupperte dicht an ihrem Gesicht. „Hm, nur ein bisschen Knoblauch, was? Na gut, ich glaube Ihnen. Ich bringe Sie wohl besser hoch zu Ihrer Schwester. Sie kippen mir sonst gleich noch um."

Katja konnte kaum noch nicken. Zitternd drückte sie auf die Türklingel.

Barbara starrte überrascht von Katja auf den Herrn in Uniform, als sie die Tür öffnete.

„Katja, ist was passiert? Du meine Güte, ich habe doch immer geahnt, dass dir bei der ewigen Hin- und Herfahrerei noch etwas zustößt."

Inzwischen waren sie im Wohnzimmer angelangt. Sofort sprangen zwei Frauen auf und stürmten auf sie zu. Ihre beiden anderen Schwestern Anna und Mari sahen sie bestürzt an.

„Kati, Katilein, bist du krank?"

„Nein, nein, ich bin nur erschöpft", murmelte sie benommen, während der Mann sie auf das Sofa sinken ließ. Er lächelte sie aufmunternd an.

„Lasst sie mal zur Ruhe kommen", ordnete Barbara an. „Mari, hol doch bitte eine Tasse Tee für sie." Sie kniete sich neben das Sofa und fühlte Katjas Puls.

„Möchten Sie vielleicht ebenfalls einen Tee oder einen Kaffee?", fragte Anna den netten Herrn.

„Ja gern einen Kaffee!", antwortete er schnell. „Ich hatte gerade Dienstschluss und könnte etwas Warmes vertragen. Ich fand ihre Schwester wankend vor der Haustür. Ich wüsste gerne, warum es ihr nicht gut geht."

Katja öffnete ihre Augen. Ein Schwall Tränen schoss hinein. Tapfer versuchte sie, die Anspannung zu verdrängen.

„Es geht mir gut. Aber meiner Schwester nicht! Dina bekommt Zwillinge! Und das in dieser fürchterlichen Umgebung. Sie haben das Geschäft verloren! Sie haben kein richtiges Zuhause, überall ist es kalt und feucht! Die Flut ..., es war alles so schrecklich in Dresden."

Katja konnte jetzt den Tränenfluss nicht mehr zurückhalten. Zusammengekauert lag sie da und schluchzte.

Nach dem ersten Schock über die schlechten Nachrichten, straffte Barbara sich energisch und legte eine warme Decke über Katjas Körper.

Mari streichelte ihr beruhigend über das Haar. „Wir finden eine Lösung, Kati. Ganz bestimmt!"

„Ja, Kati, wir haben doch immer zusammengehalten. Wir werden, so schnell es geht, Hilfe organisieren", fügte Anna hinzu.

Barbara sah nachdenklich zu dem Mann in der Uniform herüber.

„Genau, und ich weiß auch schon wie! Wie heißen Sie eigentlich, junger Mann?"

„Mark!", antwortete er irritiert.

„Also Mark, Sie sind doch bei der Polizei!"

Sein Gesicht nahm eine flammend rote Farbe an.

„Nein, eigentlich bei der Feuerwehr!"

Barbara schlug sich mit der Hand gegen die Stirn. „Oh, natürlich, ich bin auch schon ganz durcheinander. Ihre Uniform ist ja anders als bei der Polizei. Entschuldigung! Aber umso besser! Mark, ich hätte eine Bitte an Sie!"

Katja hörte den Rest der Beratung nicht mehr. Sie war fest eingeschlafen, sicher in den Armen ihrer Schwestern.

*

Ungebändigt

Das Wasser, es stürzt sich
mit lautem Getöse
die Felswand hinunter bis in das Tal.
Es krümmt sich und wirbelt,
schäumt auf dort im Becken,
bevor es des Weges zieht, offenbar.

S.W.

Lichtblicke

*Daryl wirbelte herum und blickte überrascht
zum Eingang. Die Frau, die dort stand,
schien aus einer anderen Welt zu kommen.*

Der Dunst hatte den Morgen geweckt.
Silbern lag Tau auf der schlafenden
Wiese. Die ersten Sonnenstrahlen kro-
chen am Horizont aus ihren Betten und
hüllten die Welt in eine glänzende Ele-
ganz. Die wenigen Wolken malten Gesichter an den Himmel. Leichter Wind formte
sie um, bis er sie schließlich wie von einer
Schultafel fortwischte.

Zurück blieb makelloses Hellblau, vor
dem die gerade ergrünten Bäume wie ein
lindfarbenes Seidentuch leuchteten.

Der Frühling kroch aus seinem Versteck
hervor, dies spürte man mit jeder Faser
des Körpers. Am liebsten wäre Sari laut
singend durch den Wald gehüpft oder
durch das feuchte Gras gelaufen. Doch
auch heute, an diesem besonders schönen Morgen, musste sie wie immer um
halb sieben den Weg zur Arbeit einschla-
gen, anstatt sich mit dem Fotoapparat
bewaffnet in die Natur zu werfen.

Zu werfen war natürlich nicht der richtige Ausdruck, obwohl nahe dran, denn Sari hatte es sich zur Gewohnheit gemacht,

bei ihren Aufnahmen im Freien meist in die Knie zu gehen oder sich auf den Boden zu legen. So bekam sie Fotos, die von den Üblichen abstachen.

Der Lichteinfall, die Perspektive, der Hintergrund, all dies sah ungewohnt aus für den Betrachter. Die eingefangene Natur glich zwar dem Original, doch gab es da etwas Unwirkliches, etwas Geheimnisvolles, welches das normale Auge niemals so sehen konnte. Aber anstatt zu fotografieren, musste sie, wie fast an jedem Tag, ran an den Job:

Krankenbetten schieben, Bettlaken glatt ziehen, Frühstück verteilen.

„Schwester, können Sie bitte mal kommen! Schwester, mir ist meine Klingel heruntergefallen! Nein, Schwester, ich will nichts essen!"

Schwester hier, Schwester da! So ging es tagein, tagaus. Dabei spürte sie gerade heute, wie der Frühling nach dem dunklen verregneten Winter mit aller Kraft einziehen wollte.

Wie hieß es so schön: Morgens um Sieben ist die Welt noch in Ordnung? Oder war es um fünf? Gab es dazu nicht eine Filmmusik? Sie bekam es nicht zusammen. Nur eine kleine Erinnerung an diese Melodie formte sich in ihrem Kopf. Aber für sie war nichts in Ordnung. Sie stand an der Haltestelle und musste zur Arbeit.

Während sie an der langen Eichenallee auf ihren Bus wartete, floh ihr Blick erneut über den mit Tau benetzten Acker zur angrenzenden Wiese, hinter der sich der geliebte Wald erhob. Die Sonnenstrahlen streichelten die Baumspitzen, deren Wipfel nun in ein flammendes Morgenrot getaucht waren.

Plötzlich rauschte es über ihrem Kopf mit solch einer Heftigkeit, dass sie erschreckt zusammenfuhr und sich instinktiv duckte. Ein dunkler Schatten strich über sie hinweg, sauste knirschend über die obersten Zweige der Eichen.
Laub wirbelte herunter, Äste knacken.

Dann polterte ein riesiger Heißluftballon über die halbgefrorenen Ackerfurchen, schleifte ein gutes Stück seinen Passagierkorb hinter sich her und sank schließlich nahe des Wiesenrandes zu Boden. Der Korb kippte um.

Er war rot! Dies nahm Sari als erstes wahr. Rot wie Blut oder auch rot wie die Liebe oder auch rot wie knallroter Klatschmohn. Oder rot wie ..., was auch immer. Sie wunderte sich, dass ihr solche Gedanken überhaupt in den Sinn kamen.

Der Schock, es mussten Schock und Überraschung zugleich gewesen sein. Schreie tönten zu ihr herüber und Rufe.

Irgendwer bewegte sich bei der unförmigen Masse, die einst der pralle Ballon gewesen war.

Schlagartig war ihr Kopf wieder klar. Die Leute aus dem Fesselballon brauchten Hilfe. Sie sah sich um. Außer ihr stand nur eine ältere Dame mit aufgerissenen Augen auf dem Weg. Weit und breit keine Menschenseele.

„Na los!", rief die kleine, etwas rundliche Frau. „Helfen Sie doch! Ich kann es nicht", fügte sie hinzu, „hab´ Arthrose."

Sari atmete tief durch und setzte sich in Bewegung über die Straße, runter zum Graben, der glücklicherweise kein Wasser führte, dafür aber noch glatte Eisreste. Fast wäre sie weggerutscht. Doch sie fing sich wieder, kletterte die Böschung hinauf und rannte über das harte und unebene Feld auf den roten Berg zu.

Völlig außer Atem stoppte sie an der Seite des festen Transportkorbes, aus dem ein Mann soeben ein kleines weinendes Mädchen zog. Es blutete an der Stirn. Die Krankenschwester in ihr meldete sich sofort und erkannte, dass es sich nur um eine Schürfwunde handelte.

Sanft schob sie die Hände des Mannes weg, der das Mädchen zu trösten versuchte.

„Ich bin Krankenschwester", erklärte sie, den Blick auf das Kind fixiert. „Haben Sie einen Verbandskasten an Bord."

„Ja, ja, natürlich! Ich hole ihn. Sie ist meine Tochter. Können Sie ihr helfen?"

„Es ist nicht schlimm", beruhigte sie den Vater, der hektisch zurück in den Korb kroch.

Das Mädchen hatte bereits aufgehört zu weinen. Es musterte Sari neugierig.

„Na, wie heißt du denn?", fragte sie das Kind.

„May!"

Sari lächelte. „Oh, was für ein außergewöhnlicher Name."

„Weil ich im Mai geboren bin", verkündete die Kleine stolz. Sie mochte etwa sechs Jahre alt sein, hatte dunkle Locken und wirkte jetzt, wo sie den ersten Schock des Absturzes überwunden hatte, recht aufgeweckt.

In diesem Moment tauchte der Mann wieder auf und gab Sari den Verbandskasten. Seine Hand berührte ihre und als sein Blick sie traf, spürte sie sekundenlang das Aussetzen ihres Herzens.

Dunkle Augen musterten sie schweigend. Augen tief wie das Universum, glänzend wie ..., nein, denk an das Kind, rief sie sich zur Ordnung. Schnell wandte sie sich May zu und tupfte ihr das Blut von der Stirn. Ein Pflaster und fertig.

„Tut dir etwas weh?", fragte sie behutsam. May schüttelte den Kopf. „War gar nicht so schlimm, nicht wahr, Papi!"

Der Mann atmete tief aus und nahm das Kind auf den Arm. Sari lehnte sich gegen den Korb und betrachtete das Paar.

Was fiel ihm nur ein, so ein kleines Kind mitzunehmen?

Als hätte er ihre Gedanken erraten, erklärte er: „Wir hatten für heute Morgen ein Ballonwettfahren vereinbart. Ich bin abgetrieben." Erstaunt sah sie ihn an. „Aber es weht doch kaum ein Lüftchen, wie kann man da Ballonfahren?"

„Ja, das ist gerade das Problem gewesen. Als wir um sechs Uhr aufstiegen, war die Thermik super gut."

„Und Sie nehmen zu solchen Veranstaltungen ihre kleine Tochter mit? Zu dieser frühen Stunde?"

Diese Augen schmolzen ihr Inneres.

‚Mein Gott, Sari, reiß' dich zusammen! Hast du etwa Frühlingsgefühle?'

Er räusperte sich verlegen.

„Nein, normalerweise nehme ich sie gar nicht mit. Aber meine Exfrau hat sie gestern Abend bei mir vorbeigebracht, weil sie überraschend zu einem auswärtigen Seminar musste. Und da stand ich nun. Ich hatte versprochen, den Ballon zum Treffpunkt des Starts zu bringen."

„Hm, ist bei Ihnen denn alles in Ordnung? Keine Rippen geprellt, keine Beule?"

‚Ablenken', dachte sie, ‚lenk' dich ab, sonst wirfst du dich diesem tollen Kerl noch an die Brust.'

„Na ja, ein paar blaue Flecken werde ich haben, aber die Landung war noch verhältnismäßig sanft."

Sari legte den Kopf schief.

„Ach, ist Ihnen das schon öfter passiert?" Endlich hatte sie ihre Stimme wieder im Griff, trotz des Zaubers, der ihn umgab. Das wurde ja auch Zeit. Und etwas Ironie schadete nicht.

Er schien ihre Frage einfach zu überhören. Stattdessen reichte er ihr seine Hand. „Ich heiße übrigens Julian. Danke für Ihre Hilfe, ich ...?"

„Er ist im Juli geboren", fügte der kleine Lockenkopf hinzu. Sari musste lachen.

„Oh, das ist ja witzig", gluckste sie. Julian und May tauschten verwirrte Blicke.

„Na ja", meinte Julian und zuckte etwas verlegen mit den Schultern. „Das wurde in meiner Familie immer so gemacht. Alle Namen sind den Monaten zugewiesen. Ich habe dies auch bei May getan."

„Doch, es ist wirklich komisch", grinste Sari. „Ich heiße nämlich Sari Augusta!"

„Weil du im August geboren bist?", jubelte May und fasste sie an den Händen.

„Ja, genau!" Na, so ein plietsches kleines Mädchen! Daraufhin fingen alle drei an zu lachen, bis Sari auf einmal etwas einfiel.

„Wartet hier! Ich muss nach Hause, meinen Fotoapparat holen. Der umgestürzte Fesselballon gibt ein herrliches Motiv ab. Dahinter die Sonne. Richtige Lichtblicke sind das!"

Als sie wiederkam, saßen Vater und Tochter einträchtig, eingehüllt in eine Wolldecke, in dem umgekippten Korb und aßen Kekse. Der Ballon war mit Ankern gesichert und die rote Lufthülle flatterte wie ein Signalfeuer locker im Wind.

Sari war in ihrem Element. Sie fotografierte die ungewöhnliche Situation fasziniert aus allen Perspektiven. Ihre Arbeit hatte sie irgendwie ganz vergessen.

Erst als der Transporter für den Ballon an der Straße hielt, kehrten ihre Gedanken in die Gegenwart zurück.

Julian sah ihr zum Abschied tief in die Augen. Aber May war es, die alles auf einen Punkt brachte.

„Morgen besuchst du uns, ja?"

Und das tat sie dann auch mit den entwickelten Fotos. Es war der Beginn einer wunderbaren Freundschaft und vielleicht auch der Beginn einer tiefen Liebe, entstanden in den ersten Tagen des Frühlings.

*

Lachender Tag

Im Sonnenlicht, da fühlt mein Herz,
was sonst ganz tief verborgen.
Es jubelt, spürt dann ohne Schmerz,
dass Gott mich wird versorgen.

Die Strahlen streicheln mein Gesicht
ganz herzlich und sehr sachte.
Vergessen werde ich es nicht,
dass dieser Tag so lachte!
S.W.

Mondvision

„Erinnerst du dich?", fragte der Alte auf dem Krei-
defelsen. „Der Mond hat uns schon damals in seinen
Bann geschlagen. War es ein Traum
oder Vision?"

Schlummernd lag die kleine Bauernkate zwischen hohen Tannen und Kastanienbäumen. Mensch und Tier waren seit Stunden zu Bett gegangen.

Ein glänzender Schimmer wanderte neugierig durch das Fenster über die Bettdecke des ältesten Sohnes des Hauses.

Er strich über die Hände in dessen Gesicht. Tim erwachte und rieb sich die schläfrigen Augen. Als er das helle Mondlicht wahrnahm, konnte er nicht widerstehen. Schnell stieg er in seine Jeans, schlüpfte mit den nackten Füßen in die Stiefel, steckte sich das helle Hemd nachlässig in die Hose und kletterte aus dem geöffneten Fenster. Auf dem Hof nahm ihm das Frühlingslaub der Bäume die Sicht auf die Mondscheibe. Hurtig rannte er zum Nachbargrundstück und schlich in das Zimmer seines Freundes Oliver, um ihn zu wecken. Er rüttelte an dessen Schulter.

„He, Olli!", flüsterte er. „He, wach auf!"

Der Freund fuhr entsetzt aus dem Schlaf hoch. Er sah aus, als würde er gleich losschreien. Schnell legte Tim seine Hand auf den Mund des anderen.

„Still! Kommst du mit auf den Hügel? Wir haben Vollmond!" Er lockerte den Griff.

Olli starrte ihn mit geweiteten Augen an.

„Bist du verrückt geworden, mich so zu erschrecken! Ich habe gedacht, da beugt sich ein weißes Nachtgespenst über mich."

Tim grinste und deutete eifrig auf den riesigen gelben Ball am Himmel.

„Wir wollten doch gemeinsam auf den Berg klettern, wenn Vollmond ist."

Er zog zwei rotbackige Äpfel aus der Hosentasche und überreichte einen davon dem Älteren. „Für Proviant habe ich gesorgt. Die hab ich mir aus der Scheune stibitzt. Wir können sie oben auf dem kleinen Plateau essen."

Es war ganz einfach den Weg durch den Wald zu finden. Das Mondlicht schien so hell, dass man den Pfad ohne weiteres zwischen den Fichten und Kiefern sah. Es duftete nach Moos und feuchten Blättern.

Plötzlich schossen zwei Rehe direkt vor ihnen aus dem Dickicht und flohen quer über den Weg. Furchtsam zuckten die

Jungen zusammen. Dann stiegen sie aber sofort weiter den Hang hinauf.

„Tim ...!" Die Stimme von Olli klang zittrig und außer Atem. Er war stehen geblieben. „Hör doch endlich auf zu pfeifen. Du weckst ja den ganzen Wald auf. Und lauf ein bisschen langsamer. Hast du etwa Angst?"

„Ich und Angst!", entrüstete sich der Jüngere und dabei klapperten ihm die Zähne. „Nicht die Spur!"

„Du bibberst aber als wärest du durch eisigen Regen gelaufen!"

„Es ist kalt! Wir haben schließlich erst März!", rechtfertigte sich Tim. Er rieb sich mit beiden Händen die Arme.

Ein paar Sekunden lang standen sie dicht nebeneinander da, spähten zu den Büschen, die den Weg säumten, horchten auf die Nachtgeräusche. Dann kletterten sie weiter, bis sie auf ein kleines Plateau kamen, welches den Blick auf die Schönheit des leuchtenden Balls am Himmel frei ließ. Die knorrigen Äste einer uralten Krüppelkiefer strecken ihre dürren Zweige aus, fast so als wollten sie nach ihnen greifen. Der Rand des Mondes verschmolz in einem nebelhaften Hof. Er schien sich magisch zu vergrößern.

Begeistert stieß Tim seinen Kumpel an.

„Na, was habe ich dir gesagt, der Ausblick ist fantastisch!"

Ollis Kehle kratzte von der Kälte und sein Atem ging immer noch heftig. Aber seine Furcht verflog ein wenig und sein klopfendes Herz beruhigte sich langsam, jetzt, wo er auf dem Gipfel stand. Der helle Mond nahm ihn in seine Arme. Seine Strahlen färbten den See unten im Tal silbern und ließen die Kreidefelsen wie reingewaschen glänzen. Sie versetzten ihn in den Glauben, dass jeden Moment ein Engel aus dem Licht steigen könnte. „Ich wünschte, ich könnte dort oben sein", murmelte Tim, „einfach an den Strahlen hochklettern und die Oberfläche berühren."

„Was meinst du, gibt es dort Lebewesen? Und ob die schon mal auf der Erde waren?", fragte ihn Olli, der ziemlich nahe an den Abgrund heran getreten war.

„Buh ...!", machte Tim ungestüm in seine Richtung, so dass der Freund beinahe das Gleichgewicht verlor und abzurutschen drohte.

„Ich bin ein Alien, ich bin ein Alien!"

Dazu verzog er das Gesicht zu einer grässlichen Fratze, versteifte die Hände zu Krallen und hüpfte auf den Freund zu.

„Hör auf!", versuchte Olli ihn zu stoppen, während er sich mühsam wieder aufrappelte.

Tim lachte und lachte ... bis er plötzlich erstarrte. Ganz langsam senkte er die Arme und wies auf einen Punkt hinter Olli. „Da ... da ...!", krächzte er mit aufgerissenen Augen.

„Lass das jetzt endlich!", schimpfte dieser, genervt von Tims Späßen. Er würde nicht noch einmal darauf hereinfallen. Doch dann vernahm er ein Scharren im Rücken, gefolgt von Schnaufen und leisem Knurren.

Schlagartig fuhr er herum. Ihm schauderte, als er zwei glühende Augen im Gehölz erspähte.

Fast gleichzeitig sprangen sie los, den Weg hinunter, so schnell als wäre der Teufel hinter ihnen her. Und in diesem Moment waren sie sicher, dass er es wirklich war oder irgendeins seiner Kreaturen. Nach kurzer Zeit wurde ihnen klar, dass ihnen tatsächlich etwas folgte. Man hörte ganz deutlich den hechelnden Atem.

Am Tor zum Hof stürzte Tim über einen alten Blecheimer, der scheppernd gegen einen Metallpfosten rollte. Olli sah es nur aus den Augenwinkeln, denn er rannte einige Meter vor ihm.

Tim grölte sich fast die Lunge aus dem Leib, als sich ein zottiges schwarzes Ungeheuer mit gelben Augen auf ihn warf. Der Schrei rüttelte Olli aus seiner Furcht und stoppte seinen Lauf. Er konnte seinen Freund doch nicht alleine lassen.

Schlotternd drehte er sich um, hin und her gerissen zwischen seiner Angst und der Pflicht seinem Freund zu helfen.

In diesem Augenblick kamen die Eltern, noch mit Nachtzeug bekleidet, aus dem Haus gelaufen.

Tims Vater zog schimpfend und mit zornigem Gesicht den Hofhund von dem Jungen herunter, der ihre Flucht wohl als Fangspiel ausgelegt hatte, nachdem er ihrer Spur auf den Berg gefolgt war.

Verlegen und mit hochrotem Gesicht steckte Tim die Hände in seine Hosentasche und ... landete in einem eiskalten Apfelmatsch.

An die Strafe, die sie von ihren Vätern zu erwarten hatten, weil sie in der Nacht unterwegs gewesen waren, dachten die Freunde in diesen Moment nicht.

Olli raunte Tim nur kurz zu:

„Das nächste Mal legst du aber vorher gefälligst den Hund an die Kette!

In Versuchung

„Versuch´ es!“, hauchte der Schattenflüsterer.
„Was hast du zu verlieren?“

Manchmal liegt die Wahrheit dicht neben der Unwirklichkeit.

Manchmal umarmt die Besonnenheit unsere Gier und manchmal handelt das Ego gegen den Verstand.

Des Menschen Seele ist ein Labyrinth von Gefühlen, Gegensätzen und Regelverstößen.

Was sind das eigentlich, diese Regeln? Regulär gesehen, eine Ansammlung von Vorschreibungen unzähliger Grundsätze, welche auf dem Mist anderer gewachsen sind und sich, nicht unbedingt einsehbar oder begreifbar, wiederum für andere Menschen ergeben.

Dabei ist es genau das, was der Regelstellende erreichen will:
- eine bedingungslose Ergebenheit in die Ordnung seiner Vorstellungen,
- ein reibungsloses sich Einordnen in seine fiktive Welt,

einer Welt der Perfekten?

... nein, eigentlich nicht der Perfekten, sondern eher der, die sowieso von nichts eine Ahnung haben, aber ständig ihren Mitmenschen den Spiegel vor die Nase halten, ohne vorher selbst hineingesehen zu haben und maßregeln, maßregeln, maßregeln.

Der Gegensatz zur Regel ist die *Versuchung* – ein schlimmes Wort für ein tiefgründiges Gefühl unserer Seele, für die Verlockung, für das heimliche Sehnen nach dem Verbotenen.

Schon Adam war ihr erlegen

– schwupps, biss er in den Apfel seines schönen Weibes Eva

– und damit begann das Dilemma – der Mensch und seine Nachfahren stürzten von einer Versuchung in die nächste.

Es ist schon eigenartig, der Ursprung der Versuchung schlägt andauernd zu.

Evas Kurven verführen bis heute die Männerwelt. Als Adam plötzlich apfelmäßig die Augen geöffnet wurden, war Eva nicht mehr ein Teil von ihm, sprich seine Rippe, nein, dieses anmutige entzückende Wesen war schlagartig zu einer verlockenden Frau erblüht.

Welcher Mann kann der Faszination einer hübschen Frau schon widerstehen oder welche Frau den braun gebrannten Muskelpaketen, dem samtigen Augenaufschlag eines dunkelhaarigen Hünen?

Da hilft es auch nicht, wenn die zweite Hälfte am Ärmel zieht und säuselt:

„Nur gucken, nicht anfassen ...“

- Begehre nicht deines nächsten ...!
Wie gerne würde man aber ... und wie oft passiert es dann, dass die Versuchung zuschlägt, das Hirn verbrennt, der Körper reagiert und ... die zweite Hälfte später ebenfalls.

Ehe man sich versieht, ist die **Ehe** dahin, verändert sich das **ehe**malige Leben auf eine ungeahnte Art und Weise.

Indes, da man nicht nur der Liebe fronen kann, sich dort vielleicht gerade noch beherrscht hat, bevor die Katastrophe eintritt, verlagert sich die Begierde oftmals auf das zu viele Essen, das übermäßige Trinken, das Spielen, das Rauchen, das zu schnelle Autofahren und ach so Unzähliges mehr, von dem wir glauben, nicht mehr loslassen zu können und was uns doch im Grunde vom Verstande her verboten ist, oder bei dem wir uns zumindest zurückhalten sollten, weil wir die Schädlichkeit spüren.

... und führe mich nicht in Versuchung!
Eine fromme Bitte, ... doch wer kann schon wegschauen, wenn im Kuchenbüfett der Stadtbäckerei eine riesige Marzipannusstorte dem Unterbewusstsein zuschreit: „Kauf´ mich, kauf´ mich! Lecker, lecker, lecker!“

Der Körper reagiert darauf, so dass einem das Wasser im Mund zusammen läuft und komischerweise knurrt der Magen, obwohl es nicht einmal zehn Minuten her ist, dass man ein Hotdog verdrückt hat.

Also, schlechtes Gewissen ignorieren und hurtig durch die frisch geputzte Glastür mit den geschwungenen Goldbuchstaben ‚Meyer´s Schlemmerparadies' huschen.

Ein kleiner Nachtisch kann ja nicht schaden!

Oder das kleptomanische Bedürfnis erlangt die Oberhand, ein Griff ins Regal, eine güldene Uhr, ein Blick zur Zivilstreife, die gelangweilt am Tresen lehnt, zweite Verlockung, Second-Griff und

... Handschellen, bevor die Vernunft registriert, was überhaupt abläuft.

Und des Rauchers Schicksal? Jedem bekannt, das Nikotin-Drama. Was drängt einen Menschen dazu, zu sagen:

„Ich rauche gerne!", während neben ihn ein anderer in den letzten Zügen liegt?

Aha, die letzten Züge, Raucher zieht kräftig, eine Sucht, eine ‚Versuchung', sprich Versuchung, der nur starke Charaktere entkommen können. Die Züge dampfen davon. Verbunden mit Alkohol ein Totenkopf-Mix. Der schmale Grat zwischen Genuss und Grauen.

Kein Entkommen der Gehirnzellen, abgestorben durch Sauerstoffmangel, durch Verdrängung, durch Misshandlung des kostbaren Ichs.

Armes hilfloses Seelchen. Dein Körper und dein Geist machen mit dir, was sie wollen.

Aber – stopp – das bin doch **Ich**, die Seele und der Körper. **Ich** bin der Regent des Ganzen. **Ich** habe die Fäden in der Hand.

Es ist das Ego, das sich immer wieder durchsetzt. Ein hartgesottener Widersacher gegen die Vernunft.

Was tun, wenn diese Energie zupackt? Weglaufen ist nicht. Man muss sich selbst stoppen, dem Ego Einhalt gebieten, einen Ruf zur Wahrhaftigkeit ausstoßen und sich selbst zum Positiven, zur Vernunft dirigieren.

- und erlöse uns von dem Bösen ...

... dann hat man seine eigenen Regeln aufgerufen, dann ist es der eigene Wille, dem man gehorcht, dann richtet man sich an seine eigene Ehrlichkeit und nur dann ist man selbst wahrhaftig und der Versuchung entronnen.

Unter dem Seelicht

Stolz warf es sein Licht über brodelnde Wellenkäm-
me. „Was schert mich das Inland!",
rief es. „Hier bin ich frei."

Vom Deck der kleinen Jolle sah der Leuchtturm aus, als wäre er auf eine Postkarte gemalt worden, genau drapierte Streifen, rot und weiß, mit einer schwarzen Haube, aus der große gläserne Augen wachsam über das Meer starrten.

Er stand einsam auf einer schmalen Warft, umschlossen von schwach bewegter See und kreischenden Seemöwen.

Neben ihm erstreckte sich eine kleine Wiese auf hügeligem Gelände in flaumig bodendeckendem Grün. Irgendwo brachen die Grassoden ab, verschwanden in Steinhaufen, die wiederum die Abgrenzung zum Meer bildeten, wo in stoischer Regelmäßigkeit der Wellenteppich ans Ufer schlug. Gelegentlich prallte er mit eiserner Wucht auf, so dass eine Schaumfontäne auf die Mole spritzte.

„Faszinierend!" Georgs Augen leuchteten, obwohl er etwas angespannt auf der Holzbank des kleinen Motorbootes saß.

Sven zuckte mit den Achseln. „Wie ein Leuchtturm eben. Sonst ziemlich öde."

Georg war aufgestanden und klammerte sich an die schwankende Reling.

„Wenn nur die Schiffsfahrt nicht wäre."

Mild lächelnd blickte Sven auf seinen bleichen Freund. „Na hör mal, wir sind gerade erst eine viertel Stunde unterwegs."

Der andere schnaufte.

„Und es war deine Idee", fügte Sven nachdrücklich hinzu.

Womit er den Nagel auf den Kopf traf, denn Sven selbst wäre nie freiwillig in eine derartige Einöde gefahren.

Der Leuchtturm war zu vermieten gewesen und Georg davon so angetan, dass er ihn sofort für eine Woche buchte. Es war die Neugierde und vielleicht ein wenig Frühlingsgefühl gewesen, die Sven dazu gebracht hatten, seinen Lebensgefährten zu begleiten. Eine solche Reise roch nach Meer, nach Frühlingsstürmen und Herzklopfen an kerzenerleuchteten Abenden im Rauschen der nächtlichen Brandung. Eine Atmosphäre, die einem einen wohligen Schauer über den Rücken kriechen lassen konnte.

Der Skipper legte an einem winzigen, etwas verwitterten Holzsteg an.

Sie sprangen an Land und warfen ihr Gepäck auf den gepflasterten Weg, der zum Eingang des Leuchtturms führte.

Mit einem alten Kupferschlüssel sperrte der Mann die klobige Metalltür auf. Sven zwängte seinen kräftigen Körper durch den schmalen Spalt, der sich geräuschvoll öffnete, bis der Rand der Tür am Boden stecken blieb.

„Hat sich verzogen", brummte der Seemann. „Kann man nichts machen."

Sven hob hinter seinem Rücken ironisch die Augenbrauen. Georg stiefelte schleunigst die schwach beleuchtete hölzerne Wendeltreppe empor. Die Bretter knarrten unter seinen Füßen. Der Wohnraum wirkte eng und einfach, aber anheimelnd. Zwei eingelassene Kojen, die Sven zwar ein wenig kurz vorkamen, aber sonst ganz passabel wirkten, waren frisch bezogen. Irgendjemand hatte die blau karierten Vorhänge zur Seite gerafft.

Zuallererst probierten die jungen Männer alle Lampen aus und fragten nach Kerzen, Feuer und dem Bad. Zufrieden, alles vorgefunden zu haben, kletterten die Freunde über eine grellrote Leiter zur nächsten Etage empor.

Hier lag der Signalfeuerbereich hinter großen Glasfenstern, die draußen von einem schmalen Laufsteg mit einem Geländer aus weißem Metall umgeben waren.

„Automatisch", lautete die knappe Erklärung des Skippers.

Sie brachten den bärbeißigen Mann zum Boot zurück.

„Der Inspekteur für das Leuchtfeuer kommt übermorgen. Er bringt Ihnen dann frische Lebensmittel mit, ein Service der Vermietung." Sven horchte auf.

„Was verstehen Sie bitte unter frischen Lebensmitteln? Brötchen, Milch? Oder was?" Er hatte die Stimme gehoben. „Ich gebe Ihnen einen Zettel mit, dann kann er genau die Sachen mitbringen, die wir brauchen."

Der Mann schüttelte den Kopf.

„Das geht nicht!"

Svens weiche Gesichtszüge verhärteten sich schlagartig. Energisch straffte er seinen Körper, während sein Freund beschämt auf den Boden schaute.

„Natürlich geht es, schließlich bezahlen wir ja auch dafür. Sonst fahre ich sofort wieder mit zurück und beschwere mich!"

Seine blauen Augen blitzten den Skipper unnachgiebig an. Dieser überlegte kurz, dann zuckte er mit den Schultern.

„Na gut, ich gebe den Zettel weiter, kann aber nicht dafür garantieren, dass Sie alles bekommen."

Sein Tonfall klang ein wenig gleichgültig, was Svens Stimme noch aggressiver werden ließ. „Wir werden sehen!"

Er holte seinen Notizblock aus dem Rucksack, schrieb einige Dinge auf, die er für wichtig hielt und reichte die Liste zum Boot hinüber. Mit einem knappen Nicken verabschiedete sich der Mann im Motorboot und brauste über die Schaumkronen der ankommenden Flut dem Festland entgegen.

„Na dann wollen wir mal." Sven hob seinen Rucksack auf die Schulter und klemmte sich den Proviantkarton unter den Arm. Georg sah ihn von der Seite an. „Musste das sein? Es war mir sehr peinlich."

„Ach Georg!", lachte der Freund auf. „Willst du hier verhungern? Ich jedenfalls will es mir hier so richtig gut gehen lassen. Komm, ich habe eine Flasche Wein dabei, die köpfen wir jetzt."

Wieder zwängten sie sich, diesmal mit ihrem Gepäck, durch den Eingang und stapften durch das enge Treppenhaus. Oben ließ Sven sich schnaufend auf einen Holzstuhl fallen. Das Holz knirschte und bevor er reagieren konnte, brach das gute Stück unter seinem Gewicht zusammen. Dem ersten Schreck folgte lautstarkes Gelächter. Sven hielt sich den wackelnden Bauch und strich sich über die Außentaille.

„Habe ich etwa zugenommen?", quietschte er, während er sich umständlich vom Boden aufrichtete, die zerbrochenen Teile zusammen sammelte und sie an die Wand stellte.

„Dazu sage ich lieber nichts", grinste Georg. Umständlich öffnete er die Flasche Rotwein in seiner Hand. Sven streckte seinen Körper, presste die gewaltigen Hände gegen einander und schaute aus dem kleinen Fenster neben der Küchenzeile.

„Oh! Sieh mal, die Sonne scheint direkt ins Zimmer hinein. Es ist doch nicht so kalt. Wir können den Wein draußen oben auf dem Gittergerüst trinken."

Er nahm die zwei Gläser, zog sich mit einer Hand die Leiter hoch, drückte sich an den gewaltigen Lampen vorbei durch die Glastür und ließ sich auf das Gitterrost plumpsen. Der Wind fuhr ihm unsanft um die Ohren und wirbelte seine Haarsträhnen kreuz und quer durcheinander. Georg folgte ihm lachend und goss die Gläser voll.

„Du bewegst dich wie ein Riesenteddy!"

„Hey, hey, hey! Möchtest du gern einen Köpper in die See machen?" Umständlich zog Sven seine Jeans an seinen strammen Oberschenkeln zurecht, lehnte sich zurück und nippte genussvoll an seinem Wein.

„Weißt du, wozu ich Lust hätte, Georg?"

„Keine Ahnung", brummte dieser. Er saß mit geschlossenen Augen, den Kopf gegen die Scheibe gestützt, einen Meter entfernt und ließ die Beine über die Metallplatte baumeln. Die Sonne prallte mit heißer Kraft auf die Männer, doch der stete Seewind kühlte sie schnell ab.

„Ich würde am liebsten einige unserer Freunde anrufen, hierher einladen und eine Party feiern." Begeisterung spiegelte sich auf seinem rosigen Gesicht wieder, die dichten Wimpern zuckten, als er zu dem anderen hinüber sah. „Das wäre doch was!"

Sein Kumpel fasste sich an die Stirn.

„Na klar, wir werden dann wahrscheinlich alle übereinander stapeln, damit sie in dem Raum da unten hineinpassen."

„Och! Sei kein Spielverderber. Wir könnten doch auch ...!"

Georg fuhr genervt auf.

„Sven! Wir haben Urlaub, wollten uns ausruhen. Nur wir beide, ganz alleine!

Was soll das jetzt? Musst du immer Wirbel um dich herum haben? Kannst du nicht einmal die Ruhe genießen und dich erholen?"

Sven presste die Lippen aufeinander und schwieg beleidigt. Plötzlich sprang er auf, griff forsch nach Schuhen und Strümpfen und verließ die Plattform. Man hörte ihn die Sprossen der Leiter hinunterstapfen.

Georg seufzte. Natürlich, Sven schmollte mal wieder, weil er seinen Dickkopf nicht durchsetzen konnte. Anstatt die wunderschöne Aussicht vom Leuchtturm aus zu genießen, machte er einen auf gekränkt.

„Mimose! Das kann ja noch heiter werden", schimpfte er.

Zu allem Überfluss schoben sich in diesem Moment einige Wolken vor das angenehme Sonnenlicht und warfen ihre Schatten auf den Turm. Georg blinzelte. Vom Westen her näherte sich eine dunstige Nebelwand.

Das Schlagen der Wellen gegen die Mole unter ihm hatte zugenommen, die Gischt spritzte hoch hinauf. Zwei Möwen zankten sich um einen toten Fisch. Er betrachtete sie eine Weile, bis die Stärkere siegte und die andere laut schimpfend davonflog.

Der Wind nahm zu und trieb Nebelschleier über das Wasser.

Georg wunderte sich, dass das Wetter so schnell umschlug. Es wurde merklich kühler, der Himmel zog sich weiter zu. Fröstelnd und etwas umständlich stemmte er sich am Geländer hoch. Hinter ihm begann die Seeleuchte ihre Kreise zu ziehen. Die Automatik war angesprungen.

„Aaaah!", kam es in diesem Moment von unten. Gleichzeitiges Scheppern und Klirren.

Georg zuckte zusammen. Er hetzte durch den Lampenraum die Leiter hinunter in den Wohnbereich. Fast glitt er auf einer der Sprossen aus, konnte sich aber eben noch fangen.

„Was ist passiert?"

Sven hielt sich mit beiden Händen an der Anrichte der Küchenzeile fest. Er war kalkweiß. Zu seinen Füßen lag das zerbrochene Weinglas. Mit aufgerissenen Augen starrte er zur gegenüberliegenden Wand.

Unheil ahnend folgte Georg seinem Blick. Im Zwielicht des inzwischen schummerig gewordenen Raumes erkannte er hinter dem Aufgang zum Leuchtraum einen uralten Holzschrank, dessen Türen nur angelehnt waren. Mit Übelkeit in der Kehle schob er sich an Svens Seite.

„Ist das etwa Blut, was da herausläuft?"

Sven stieß einen Schwall Atemluft aus, als hätte er sie die ganze Zeit über angehalten.

„Die Türen sind plötzlich von ganz alleine aufgegangen", flüsterte er.

Er langte mit der linken Hand in eine Schublade des Küchenschranks, packte ein großes Brotmesser, schnappte sich ein Geschirrtuch und ging Schritt für Schritt auf das Schrankungetüm zu, vor dem eine rötliche Lache schwamm.

Mutig stülpte er das Handtuch über das Messer und bewegte damit mit langem Arm eine der Türen, wodurch sie quietschend aufschwang. Knarrend öffnete sich auch die zweite Schranktür. Die Blicke der Männer trafen sich.

Mit einem Male begann Georg an zu glucksen, erst leise, dann immer lauter, bis er vor Lachen grölte.

„Aua, ich kann nicht mehr! Ich ... kann ... nicht ... mehr!"

Allmählich zuckte es auch in Svens Gesichtsmuskeln. Erst griente er etwas schief, doch dann brach die Erleichterung in abgehackten Lachsalven aus ihm hervor.

Wiehernd stellte er die umgestürzte Flasche mit rotem Schlehenwein auf, tippte in den Saft, zerrieb die Flüssigkeit zwischen den Fingern und roch daran.

„Bah, der ist ja schon gegoren! Da hat unser Leuchtturmwärter wohl etwas vergessen! Mein Gott, auf den Schreck muss ich einen trinken."

Georg wischte sich die Tränen aus den Augen. Er fegte das zerbrochene Glas auf eine kleine Schaufel und warf die Scherben in den Mülleimer.

„Es wird wohl langsam eine Gewohnheit von dir, etwas zu zerbrechen. Ist es dir hier tatsächlich zu langweilig?"

Sven sah aus dem Fenster auf den Himmel, von dem die Abenddämmerung Besitz ergriff. Dicke Wolken ballten sich im stärker gewordenen Seewind.

Der Lichtwechsel des Leuchtturms über ihren Köpfen huschte gleichmäßig über die unruhige Meeresoberfläche und am Horizont kroch die Silhouette eines Fischkutters entlang. Er seufzte.

„Ähm, ich denke mal, ein wenig Ruhe täte mir gut. Ich bin wahrscheinlich doch etwas überarbeitet! Zünde uns doch ein paar Kerzen an, dann machen wir uns einen gemütlichen Abend."

Asphaltaura

„Farbenspiegel der Seele, bunte Facette des Gefühls, umschließende Aura eines jeden Lebewesens, du feine Farbensängerin um mich herum!"

Die Aura ist für den Menschen eine Erleuchtung; aber lassen wir doch einmal einen Asphalt erzählen:

Mattgrauer Asphalt zwischen kaminrotem Straßenpflaster. Meine Welt ist bewegt. Ständig trampeln die *Bunten* auf mir herum, stechen mit Pfennigabsätzen schwarze Löcher in meine Haut oder zerdrücken gedankenlos rot glühende Kippen auf meinen Poren aus.

Gefleckte *Schwarzweiße* oder langhaarige *Braune* heben eines ihrer vier Beine, um der *silbernen* Schlanken ihre Marke zu verpassen oder, was noch schlimmer ist, einen … nein, davon will ich gar nicht erst reden.

Ich bin eine vornehme Promenade!

Meine Beleuchtung wurde extra von einem Designer entworfen, das Muster des Gehweges mit *calziumoxitweißen* Kacheln unterbrochen. Also *rot* wie Leidenschaft, *grau* wie graue Eminenz und *weiß* wie über alles Erhaben sein.

Der Name ‚Promenade' sagt doch eigentlich alles:

Promenade kommt von Prominenz wie ‚hervorragend, bedeutend‘.

All dies scheint den *Bunten*, die tagtäglich auf mir lustwandeln, egal zu sein. Menschen nennen sie sich.

Ach, da kommt schon wieder einer der kurzen *Gelben* auf seinem vierrädrigen Brett. Au, wie das schmerzt, wenn der kleine Gallenwind sein *todschwarzes* Gefährt auf meine oberste Hautschicht knallen lässt. Aber so sind sie, die kurzen *Gelben*. Immer am Rasen oder am Schreien. Da hat man keine Ruhe. Vielleicht bauen die *Gelben* damit ihre Aggressionen ab. Was weiß ich schon davon. Ich spüre lediglich, wie das Gallengift auf mich herabrieselt.

Man erlebt schon einen Haufen Kuriositäten in meiner Situation. Da kommt gerade so eine *Klinisch-Weiße* anstolziert, mit einer Aura wie eine Flasche Sakrotan. Aber ich weiß es besser. Gestern war sie auch schon hier, hat sich auf die *sandfarbene* Mauer gesetzt, die langen Beine übereinander geschlagen und sich das *rote* Haar aufgelockert. Da blitzte es doch *rüschenrot* unter dem *Titanweiß*.
Auch heute trägt die *Klinisch-Weiße* die *rote* Spitzenunterwäsche.

Hm ..., wenn das der *Königsblaue* neben dem *rosa* Oleanderkübel wüsste, der sie aus den Augenwinkeln mustert. Sie scheint seine Aufmerksamkeit geweckt zu haben. Aber siehe da, als er sich jetzt mit ein paar Schritten nähert, schimmert bei ihm ein Hauch *rosa* lackierter Fußnägel aus den Gucci-Sandalen. Verschleiertes Dekor, versteckte Leidenschaft?
Wer hätte das gedacht?

Eine Gruppe *schwarzblauer* Mittelkurzer trabt im Gleichschritt heran, die Hände in den Hosentaschen, breitbeinig, jeder Schritt ein Treffer, frei nach dem Motto: *Ich bin cool!* Jeansstoff wischt über meine Oberfläche. Mich kitzelt das.

Wieso können die Bengels ihr Outfit nicht ein wenig liften? Die *schiffsblaue* Naht hängt ihnen in den Kniekehlen. Das *fahlgraue* Schuhwerk ist ungeschnürt, die *maigrünen* Klettbänder unbenutzt.

Arme Schuhwelt! Aber was kann man von den Bunten anderes erwarten?

Gedankenlos schlurfen sie über Stock und Kiesel, kicken sich eine *weißschwarze* Kugel zu und rotzen gegen die Steinmauer neben eine Bank. Und an mir bleibt das Ganze dann kleben.

Ein *Braun*-Zerlotterter löscht seine *rosa* Seele aus einer Flasche mit *grüner* Flüssigkeit, wahrscheinlich auf der Suche nach etwas Hoffnung.

Geistesabwesend streift eine *Flieder-farbene* ein seidenes Tuch vom licht-umstrahlten Haar. Eine zweite *Violette* redet aufgeregt auf sie ein. Doch ihre *purpurnen* Slippers sind fest am Boden verwurzelt. Ein Widerstreit zwischen Be-ständigkeit und geistiger Abgehobenheit.

Inzwischen hat sich der *Königsblaue* fast bis an die *Klinisch-Weiße* herangepirscht. Betont gleichgültig schüttelt sie das Feu-erhaar im Wind. Der *Blaue* zupft an sei-nem kaum wahr zu nehmenden Bärt-chen.

Was sind die *Bunten* kompliziert! Rosa Nägel wippen auf den Schuhsohlen. Ich spüre aufgeregtes Vibrieren, verkrampfte Zehen.

In diesem Moment reißt sich eine nied-rige *Sonnengelbe* schreiend von der Hand einer *Blutorangen*-Autorität los und stößt den *Königs-Blauen* in die Arme der *Kli-nisch-Weißen*. Diese fällt gegen die *Blau-Schwarzen*, die mit ihrer *Schwarz-weiß-Kugel* stehen geblieben sind, um auf der Stelle zu kicken, nun aber unwirsch die *Klinisch-Weiße* anpöbeln.

Die ist ihrerseits plötzlich ihrer Sakrotan-Aura verlustig, da beim Aufprall der Rock verrutscht ist und darunter *knallrote* Rüschen das Tageslicht erblicken.

Die *Blutorange* greift Entschuldigungen murmelnd nach dem *Sonnengelb* und entschwindet eilends. Absätze pressen sich in meine Haut. Die *Schwarz-Blauen* bolzen bereits in weiter Ferne.

Die *Violette* und die *Fliederfarbene* brechen in schallendes Gelächter aus, bis sie errötend über die *samtgrüne* Wiese fliehen. Die Augen des *Königs-Blauen* strahlen entzückt. Mit einer eleganten Bewegung verhilft er der eben doch nicht so *Klinisch-Weißen* in die Senkrechte. Die beiden *Rot-Weiß-Blau*-Gemischten brauchen jetzt einen Cappuccino.

Zum Glück trinken sie den nicht auf meiner Promenade, sondern bei meinem Bruder, dem *Sienna-Pflasterbogen* vor dem Eis-Café zwei Ecken weiter.

So bleiben mir weitere Flecken der *Bunten* erspart.

Ich bin schließlich ein vornehmes Straßenpflaster!

*

Zum besseren Verständnis der Farbensprache kann diese Geschichte gerne zweimal gelesen werden ...

Flugangst

„ Verklärten Blickes tapfer durch die Welt gehen,
eingefangen im Wirbel der Gefühle
und doch erleben!"

Einladungskarte für den 20.September. Der Rand war mit Herzen verziert, innen ein zauberhaftes Bild des Brautpaares. Supergenaue Auflistung des Ablaufs, mit Anfahrtbeschreibung und der Bitte, doch mitzuteilen, ob man lieber im Doppelzimmer, im Dreibettzimmer oder gar im Vierbettzimmer schlafen wolle.

Andrea, ein echtes Nordlicht, wollte ihren Max heiraten, einen waschechten Bayern. Mehrere Tage waren geplant auf der „Hütten am Spitzingsee" hinter München, mit Übernachtung in einer urigen Skihütte. Als Paten der Braut durften Lisa und Björn natürlich nicht fehlen. ‚Aber Vierbettzimmer? Eventuell mit fremden besoffenen Menschen in Lederhosen, ohne die Möglichkeit, sich zurückziehen zu können?', grübelte Lisa.

Zumal der 20.September gleichzeitig den Anstich zum Oktoberfest beinhaltete.

„Da würde es ‚hoch dahergehen', mit Blaskapelle, Rockband und vielen Maß Bier", hatte der Max versprochen.

Allein bei diesem Gedanken wurde Lisa schon ganz flau im Magen. Doch nach dem ersten Unwohlsein wurde ihr bewusst, dass es ein noch viel stärkeres Hindernis geben würde. Die Fahrt dort hinunter, mit dem Auto stundenlang auf der Autobahn, Staus, Idiotenfahrer und … nicht zu vergessen, die öffentlichen WCs, ersten: meist schmutzig, und zweitens: nicht da, wenn man sie am nötigsten brauchte.

„Ach, das ist doch kein Problem", meinte ihre Schwester, die Brautmutter. „Dann fliegt ihr mit uns!"

Fliegen? Lisa? Als absolute Nichtfliegerin, die höchstens mal auf dem Flughafen Fuhlsbüttel Lufthansa und TUI von Weiten betrachtete? Nein, danke!

„Ach was", munterte ihre Schwester sie auf. „Es dauert maximal eine Stunde. Eh´ du dich versiehst, landen wir auch schon wieder!" Ja, da lag das Problem! Etliche Menschen hatten bereits ihre Horrorgeschichten mit dem Luftdruck in den Ohren beim Start und beim Landen in den buntesten Variationen zum Besten gegeben.

Da fehlte nur noch der Kommentar des Brautvaters: „Also, als wir das letzte Mal von Mallorca zurückkamen, man oh man, ich mit meiner Mittelohrentzündung, ich habe Höllenqualen gelitten. Die wollten mich zuerst gar nicht in den Flieger lassen. Musste mir die ganze Zeit Plastikbecher an die Ohren halten."

„Danke!", erwiderte Lisa trocken. „Das muntert mich jetzt richtig auf."

Aber er war noch nicht fertig.

„Ich erinnere mich noch an das erste Mal", er lachte, „da wollte ich eigentlich für alle Fälle meinen Werkzeugkoffer mitnehmen. Und tatsächlich, dann haben sie uns doch zweimal kurz vor dem Start aus der Maschine gescheucht, weil ein Triebwerk nicht funktionierte und weil dann noch irgendetwas nicht in Ordnung war."

Dies bescherte Lisa einen dicken Knoten im Hals. Doch manche Leute können es einfach nicht lassen. Er legte danach nämlich richtig los: „Wir sind also raus in die Cafeteria, bis es fast Null Uhr war. Dann wurden wir hektisch durch die Abfertigung gewunken und eine Minute vor Zwölf legte der Pilot einen Steilstart hin. Ich kann dir sagen. Mir flogen fast die Ohren weg. Ab 24 Uhr darf nämlich kein Flieger mehr starten."

Lisas Magen verkrampfte sich.

Sie schluckte hart und flüsterte:

„Oh, das wusste ich gar nicht."

„Ja! Und dann haben wir es in dreiviertel der Zeit zur Insel geschafft. Der Pilot wollte wohl einiges gutmachen. Bei der Landung schlitterten wir ein bisschen. War ich froh, als wir da waren. Ich hatte klitschnasse Hände."

Lisa inzwischen auch, aber das verriet sie keinem, nicht einmal Björn.

Trotz aller Unkerei zogen sie und ihr Liebster letztendlich eine Stunde Flug dem Autobahnverkehr vor. Lisa versuchte ihre Nerven damit zu beruhigen, dass es ja nur eine Stunde war. Aber insgeheim wünschte sie sich eine fiese Krankheit herbei, um nicht mitfliegen zu müssen.

„Du musst knapp vorher ein Reise-kaugummi in den Mund stecken, das hilft!", kam von allen Seiten der Rat-schlag. Am besagten Tag strotzte Lisa na-türlich vor Gesundheit, musste also mit. Kaum war die Sperre zum Flugzeug offen, meldeten sich die Nerven zurück. Kau-gummi in den Mund und kauen, kauen, kauen ... bis zum Flugzeugeinstieg.

Dann wurde ihr plötzlich allzu sehr deut-lich, dass es kein Zurück mehr gab. Ihr Herz hämmerte wie noch nie. Die schma-le Tür schluckte sie, kaum bemerkte sie die Stewardess, welche sie freundlich be-grüßte, sah nur die niedrige Decke.

‚Oh, mein Gott, ich will raus hier!', flehte Lisa still und wäre fast umgekehrt, doch von hinten wurde sie unbarmherzig weitergedrängt. Sitz am Gang, sehr enger Gang, drei Plätze links, drei Plätze rechts und die niedrige Decke, eine Konservenbüchse. Lisa rang nach Atem. Die Stewardessen schlugen Teile der Decke nach oben. Die Erleuchtung, dass dies die Abdeckungen der Handgepäckfächer waren, kam erst nach und nach. Etwas mehr Luft nach oben! Das Warten auf den Start war das Schlimmste. Jede Muskelfaser ihres Körpers schien zu flattern.

Anspannung pur! Sie dachte an Science-Fiction-Romane, in denen sie sich die Lust am Fliegen so intensiv und völlig naiv ausgemalt hatte. Dann endlich Motorengeräusche. Der Flieger kam in Bewegung, Druck in den Ohren, Druck im Körper, aber nicht schlimm, da sie unermüdlich ihr inzwischen zerfetztes Kaugummi kaute. Start wie in den Romanen. Die Fantasie betäubte.

„Ich hab´ Fransen am Gaumen", nuschelte Lisa ihrer Schwester zu.

„Hast du das Kaugummi immer noch im Mund?" Sie lachte auf. „Du hättest es doch schon lange ausspucken müssen."

Schleunigst folgte sie dem Ratschlag. Das trockene Gefühl im Mund aber blieb. Die Flugbegleiterinnen quetschten sich mit einem Servicewagen durch den Gang. Kein Platz, daran vorbei zu kommen, aber Wasser. Vorsichtig dran nippen, den trockenen Hals benetzen. Mehr nicht. Lisa schielte aus dem Fenster.

Die Aussicht war fantastisch!

Sonnenschein, Wolkenbälle, wohin man auch sah. Weder Höhe noch die zeitweise Schräglage der Boeing beunruhigten sie eigenartigerweise, lediglich der leichte Druck in den Ohren und die Enge. Ehe sie sich versah, machte das Flugzeug ein paar leichte Hüpfer, kreiste einmal über dem Münchner Flugplatz und landete.

Was war sie stolz auf sich!

„Mensch, diese Luftlöcher während der Landung", schimpften die anderen. „Der Pilot musste doch tatsächlich noch mal durchstarten." Das hatte sie gar nicht bemerkt, stellte sie überrascht fest.

Die Hochzeitsgesellschaft verbrachte lustige Tage auf der ‚Hochzeitshütten' in den Bergen, wo der bunte Frühherbst bereits eingekehrt war. Lisa und Björn hatten ein Zimmer für sich alleine und amüsierten sich prächtig. Aus den eingerosteten Rohren kam zwar zuerst nur braunes Wasser, aber der Bräutigam versicherte, dass dies nur daran lag, weil die Skihütte lange nicht benutzt worden sei. Es gab gemeinsame Duschräume und eine riesige Küche sowie einen herrlichen Ausblick von der steinernen Terrasse, auf der sie abends tanzten, lachten und tranken, wie auf einer Reise in eine Jugendherberge. Doch im Laufe dieser Zeit überlegte sie immer häufiger, ob sie nicht mit dem ICE nach Hamburg zurückfahren sollte, egal, was es kostete.

Niemand wusste von ihrer inneren Qual, von den Magenschmerzen, die sie mit etlichen ‚Wurzelzwerg-Schnäpsen' zu betäuben versuchte.

Je näher der Tag rückte, desto mehr war sie davon überzeugt, nicht noch einmal fliegen zu können. Aber, wie es so oft ist, man wird von der Zeit überrollt, will sich nicht blamieren. Es blieb ihr nichts anderes übrig, als per Flugzeug zurückzureisen.

Die Boeing war größer und luftiger und der Flug wirklich schön.

Und doch, eines schwor sie sich trotz allem: *Sie musste nicht unbedingt noch einmal fliegen. Diese eine Erfahrung reichte!*

Lebenskünstler?

„Herzklopfen bis zur Kehle!
Traumtänzer, du verzweifeltes Herz!"

In der Dämmerung spielt jemand Klavier hinter geöffneten Fenstern. Geschirr klappert aus einem anderen. Der Abendvogel ruft sein Weibchen im Takt dazu. Sonnenstrahlen liegen matt auf dem Feld, Grashalme glitzern im letzten Licht der scheidenden Himmelsscheibe, deren schimmernder Rahmen langsam in den Horizont eintaucht.

Ich wandere lustlos über den Sandweg. Mein grauer Schatten folgt mir, fast verschwunden durch den Schwund des Lichtes. Erst an der plötzlich aufflammenden Straßenlaterne erholt er sich und schließt sich meiner Silhouette wieder an. Die Hände in den Manteltaschen sind verkrampft, die Schultern gebeugt von unsichtbarer Last. Und doch ist sie da, schwerwiegend und erdrückend. Ein kühler Lufthauch umweht mich, Abendfrische hüllt mich ein und lässt mich frösteln.

Wieder ist ein Tag vorbei, vierundzwanzig Stunden sinnloses Dahinleben, ohne Perspektive, ohne Hoffnung auf eine bessere Zukunft. Wer will das schon?

Die Suche nach einem Ort zum Übernachten zermürbt jeden Tag aufs Neue und frisst die Seele Millimeter für Millimeter auf. Hoffnungslosigkeit in den Augen, Verzweiflung im Herzen.

Tagein, tagaus, das gleiche Spiel, ohne eine Chance auf Hilfe. Ist es das wirklich? Gib es kein Entkommen aus der Schwärze der Vergangenheit?

Ich schüttele fast unbewusst den Kopf. Es gab andere Zeiten. Zeiten des Lichts und der Liebe. Wie komme ich auf Liebe? War es das? Damals, vor etlichen Jahren. Wie lange streune ich nun schon so durch die Straßen? Wann hat es begonnen, hat sie begonnen, diese Leere? Leere im Kopf, Leere im Herzen, Leere im Magen?

Es gab bessere Zeiten. Zeiten mit vollem Magen, Zeiten mit Geld in den Taschen, Zeiten mit der großen Liebe an der Seite. Wohin sind sie verschwunden?
Ich war doch ein Lebenskünstler, der Künstler auf dem Parkett der Welt.

Ich muss lachen. Vielleicht klingt das Lachen hohl, aber es ist ein Lachen, selbstironisch, aber da. Der Lebenskünstler, mein Gott, welch ein Wort für einen Menschen. Größenwahn drückt es aus. Die Kunst zu leben beherrschen die wenigsten. Die meisten der Homosapiens leben sich doch heutzutage kaputt. Sie essen zu viel, sie trinken zu viel, sie sind habgierig, gönnen dem anderen nichts und treiben Raubbau mit Körper und Seele. Wer sagt denn, dass der zarte Seelenhauch des Menschen all die Gewalt, die auf der Erde wie dunkle Schattenschwaden wabert, verkraften kann? Wer kennt schon die Macht und Wirkung hinter allem, was geschieht?

Ha, Lebenskünstler auf der Bühne der Existenz. Eine gekünstelte Intelligenz ist es, die mittlerweile in den Köpfen mancher Männer und Frauen wächst. Dabei soll Kunst doch etwas Schönes sein.

Ach, die Kunst, auch die ging verloren für mich. Mein Weg brach ab, wie ein Stück Felsen am Abhang eines Berges. Das Instrument meiner Seele spielte plötzlich die falschen Töne, eingehaucht von Fremden, denen ich vertraute. So sehr vertraute, dass ich nicht spürte, wie sie mich in die Schlucht stießen, mir erst mein Geld, dann Frau und Kinder und zuletzt meine Sicherheit stahlen.

Ich merke, dass ich stehen geblieben bin, schaue hinauf zu den erleuchteten Fenstern in der wundervollen Fassade des vor mir aufragenden Hauses.

Mir schwindelt dabei. Die Höhe ist berauschend. Oder ist es der Fusel aus der Flasche in der Manteltasche? Fast leer ist sie, fast so leer wie der Augenblick meines Hierseins. Ich rufe einen Namen.

Nichts. Wieder rufe ich und immer wieder. Ein Fenster öffnet sich. Blonde Haare fallen über ihr Gesicht. Ein flüchtiger Blick trifft mich. Mit einem Knall fliegen die Fensterflügel zu. Ich seufze.

Es war ein Versuch! Nur ein weiterer Versuch. Ich sinke auf die Stufen des Hauses, ziehe den letzten Tropfen des flüssigen Balsams aus der Tasche und will eben den brennenden Alkohol die Kehle hinunterlaufen lassen, als eine Hand meine Schulter drückt. Ich schaue auf und versinke im Glanz ihrer Augen.

Oh, ihr geliebten Augen im geliebten Gesicht! Sie nickt mir zu. „Komm!"
Nur dieses eine Wort flieht leise über ihre Lippen. Sie nimmt mir die Flasche aus der Hand, hakt mich unter und führt mich hinein, hinein in unsere Wohnung, hinein in die Zimmer, die ich seit unglaublich langer Zeit nicht mehr betreten durfte.

Hinein in die Wärme, die ich solange entbehrte. Meine Augen werden feucht. Die Schleusen der Glückseligkeit öffnen sich. *Ich bin daheim!*

Stromausfall

„Diejenigen, welche im Dunkeln tasten,
werden das Licht
umso stärker willkommen heißen!"

Es ist Anfang März. Der Himmel scheint voller Wolken zu hängen und die Dunkelheit der Nacht ist noch nicht gewichen, obwohl bereits vereinzelnd Vogelgezwitscher zu hören ist. Mit halb geschlossenen Augen, fast so, als wolle sie das grelle Licht der Neonleuchte in ihrer kleinen Küche aussperren, greift Conny zu der Kaffeekanne auf der Anrichte.

‚Endlich!', denkt sie, ‚Einen Schluck duftenden Kaffee brauche ich jetzt.' Gestern ist es spät geworden und heute Morgen muss sie wieder früh zur Arbeit fahren.

Die Leuchtziffern der Digitaluhr an der Wand zeigen halb sechs. Ach, wie gerne hätte sie noch ein Stündchen weitergeschlafen. Aber es nützt nichts, sich darüber Gedanken zu machen. Die Fahrt nach Hamburg braucht nun mal ihre Zeit.

„Ich werfe jetzt den Toast rein!", ruft sie zum oberen Stockwerk des Einfamilienhauses hinauf, während sie sich streckt und ausgiebig gähnt.

„Ist in Ordnung!", hört sie Jan dumpf antworten. „Ich rasiere mich nur noch kurz. Dann bin ich fertig."

Conny steckt zwei Scheiben Toast in den Toaster und drückt den Hebel herunter. Wendy, die schwarze Labradorhündin, erhebt sich würdevoll aus ihrem Körbchen im Flur. Natürlich war sie schon wach, hat das Frauchen mit aufmerksamen Blicken fixiert. Doch jetzt scheint ihre Geduld am Ende zu sein. Fordernd stupst sie an Connys Hand, kläfft kurz und trocken. Sie tätschelt liebevoll die weichen Ohren und holt Wendys Napf aus der Spüle.

„Ist ja gut, Süße, du kriegst gleich was."

Im Bad fängt in diesem Moment die Dusche an zu laufen. Lars ist aufgestanden, ihr siebzehnjähriger Sohn. Fast zu spät für seinen Job, wie so oft.

Während Conny die Schranktür mit dem Hundefutter öffnet, schlürft sie einen großen Schluck Kaffee. Plötzlich blinzelt sie. Sie kann nichts mehr sehen. Es ist stockduster in ihrer Küche. Nicht einmal von draußen von den Straßenlaternen dringt ein Funken Licht.

Stromausfall, das hat noch gefehlt!

Vorsichtig versucht sie den Kaffeebecher auf die Anrichte zu schieben. Natürlich mit dem Erfolg, dass der heiße Kaffee überschwappt, direkt auf ihre Hand.

„Autsch! Verfluchte Dunkelheit!"

Sie tastet sich an der Wand entlang, bis dahin, wo eigentlich die Tür sein müsste. Jans Stimme tönt aus dem Gäste-WC.

„Hey, Leute, wir haben Stromausfall!"

„Ach, was du nicht sagst!"

„Conny, hast du irgendwo Kerzen?"

„Ich suche ja schon welche. Sie müssen in der Stube sein." Rasch schiebt sie sich tastend an der Wand entlang und ... stößt gegen den Flurspiegel. Erschreckt hält sie inne, beruhigt das schwankende Teil mit einer Hand, bevor sie weiter in Richtung Wohnzimmer tappt. „Ooh, ich kann überhaupt nichts erkennen!"

„Hast du denn kein Feuerzeug parat?" Jans Stimme klingt näher, doch immer noch von oben.

„Keine Ahnung, wo das wieder ist. In diesem Haushalt verschwindet ja alles."

Aus dem oberen Stockwerk ertönt ein weiteres lautes Fluchen.

„Mama, mach` mal das Licht an. Ich kann nichts sehen!"

„Wo sind denn die Taschenlampen, Lars?"

„Keine Ahnung, Mama. Vielleicht bei mir im Zimmer. Oh Mist, jetzt läuft mir auch noch das Schampoo in die Augen!"

„Stehst du gerade unter der Dusche? Nimm dir ein Handtuch und wisch´ die Seife aus dem Gesicht. Mensch Kind, sei doch bloß nicht so unselbstständig."

„Und wo sind die Handtücher?"

„Die hängen an der Wand ...!"

Conny schüttelt genervt den Kopf. Nicht nur, dass sie nicht vorwärts kommt, sie hat irgendwie die Orientierung verloren; nein, jetzt braucht ihr Sprössling auch noch einen Blindenführer.

„Ich kann hier oben überhaupt nichts finden", mault Jan. Der Klang seiner Stimme kommt gedämpft. So, als stecke er mit dem Kopf in einem Kanister.

„Und meinem Liebsten kann ich ebenfalls eine gelbe Armbinde mit drei schwarzen Punkten verpassen", murmelt sie.

In diesem Moment stolpert sie über einen plüschigen Hocker und legt sich fast hin. Der Hocker jault auf. Gerade noch kann sie sich auf die Sessellehne stützen, die blitzartig in ihrer Falllinie erscheint.

Connys Herz klopft wie verrückt. Das ist noch einmal gut gegangen. Sie richtet sich wieder auf.

„Oh, Wendy, *musst* du mir denn unter den Füßen herumlaufen. Bleib jetzt da sitzen. Mach` Platz!" Sie zeigt mit dem Finger auf einen Punkt in der Dunkelheit.

Gleichzeitig wird ihr bewusst, wie lächerlich diese Geste ist. Der Hund kann sie ja auch nicht sehen. Ein leichtes Quietschen ist die Antwort, ein Scheppern die Folge.

„Wendy! Mein Beistelltisch!", kreischt Conny.

„Ist etwas passiert?", ertönt es besorgt von oben.

„Ach, das war der Hund. Hast du denn keine Taschenlampe bei dir, Jan?"

„Im Auto", antwortet er voll Ironie. „Das dauert ja, bist du die Kerzen findest!"

„Ach was!" Ärgerlich tastet Conny sich um den Sessel herum zum Tisch. „Such` du doch die Kerzen und Streichhölzer. Ich habe schon lauter blaue Flecken, weil man die Hand nicht vor Augen sieht."

„Ich kenne mich in deinem Haus nicht aus, Conny. Ich würde sie noch weniger finden." Jan hat die Ruhe weg. Ihm konnte noch nie etwas aus dem Häuschen bringen.

„Mama, beeil dich doch! Ich klappere mich hier tot. Ich muss endlich den Schaum aus den Haaren kriegen!"

„Hast du wenigstens ein Handtuch gefunden?"

„Ja, habe ich. Brrr, ist es kalt!" Er scheint auf der Treppe zu stehen.

„Kein Wunder", erwidert Conny, während sie endlich eine Schachtel mit langen Streichhölzern in den Händen hält. „Die Heizung ist auch am Strom angeschlossen und draußen sind vier Grad Minus."

Sie zündet ein Streichholz an. Auf dem großen Mahagonitisch steht ein dreiflammiger Leuchter. Welch eine Helligkeit, als alle drei Kerzen brennen. Conny sieht sich um und kneift die Augen zusammen.

„Wo sind nur die anderen Kerzen?"

Mühsam steigt sie über Wendy hinweg, nimmt ein kleines Kristallglas vom Beistelltisch, in dem ein fast abgebranntes Teelicht steckt und entzündet es an dem Leuchter.

„Puh, das wurde ja auch mal Zeit!"

Ein aufgeschäumter Wuschelkopf taucht neben der Wohnzimmertür auf. Im ersten Moment fährt Conny erschreckt zusammen, als sie in das bizarr verzerrte Gesicht mit den geröteten Augen blickt. Doch dann kann sie sich nicht beherrschen und prustet laut los. Sie hebt den Leuchter in die Höhe. „Du siehst ja zum Piepen aus, mein Sohn!"

Sein Gesichtsausdruck besagt, dass er ihren Humor nicht teilt.

„Sehr witzig! Hast du jetzt Kerzen für mich?"

„Moment, wo sind denn wieder die Teelichter? Ah da, der Morgen ist gerettet."

„Meinst du?" Lars ist in ein knappes Handtuch gewickelt, so dass seine dürren Beine und die großen Füße, Schuhgröße 47, noch gewaltiger aussehen. Staksig tappst er über den Hund hinüber zu seiner Mutter. Conny verkneift sich mit Müh` und Not ein weiteres Grinsen. Sie antwortet betont mütterlich.

„So, jetzt lege ich ein paar von denen auf einen Teller und schon hast du Licht zum Duschen."

Gesagt, getan! Und ihr Badeengel mit den großen Füßen rauscht davon. Fast stößt er mit Jan zusammen, der ihm völlig perplex nachschaut.

„Er sieht ja *toll* aus", grient er.

Conny hebt den Kerzenleuchter noch ein Stück höher und lässt den Schein über Jans karierte Unterhose gleiten, aus der ein gewaltiges Unterhemd bis zur Hälfte herausgerutscht ist. Er hat es verkehrt herum angezogen und außerdem ist er nur halb rasiert. Sie kann sich nicht mehr beherrschen und lacht laut auf.

„Du aber auch!"

Er wirkt etwas pikiert und zupft sein Hemd zurecht. „Man sieht ja nichts. Wie soll ich denn die richtige Seite finden? Ich wollte übrigens nur die Kerzen holen."

„Aah, Mama!" Der Schrei kommt eindeutig aus der Dusche.

Conny und Jan rennen fast gleichzeitig los, jeder mit einem Teller voller Teelichter in der Hand. Fast wäre Conny aufs Neue über den Labrador gestolpert, denn Wendy hat sofort reagiert und ist schneller als die beiden Menschen an der Treppe.

„Oh, der Hund macht mich wahnsinnig!", stößt Conny aus.

„Immer ruhig Blut", meint Jan. Statt Conny, ruft er nun zur ersten Etage hinauf. „He, Junior, was ist denn los!"

„Das Wasser ist eiskalt!", krächzt jemand, von dem man nur entfernt annehmen kann, dass es Lars ist. Conny verdreht die Augen und lässt sich gegen die Wand fallen.

„Ja klar, das Wasser wird durch Strom erhitzt. Kein Strom, kein heißes Wasser, keine Heizung, kein Telefon! Du capito?"

„Das wusste ich nicht. War das schon immer so? Das ist ja ätzend! Tiefgefrorene Haare!", stöhnt ihr Sprössling.

Jan grinst breit. „Ich rasiere mich auf der Arbeit." Schwankend tastet er sich mit seinem Teelichterteller zum Gäste-WC.

Conny verteilt weitere Kerzen.

„So!", seufzt sie, als sie jedem Raum einen fast schon weihnachtlichen Kerzenglanz verpasst hat. „Ich habe Kaffee unten, Leute. Wer möchte etwas Warmes?"

Jans Kopf erscheint neben der offenen Schlafzimmertür. Das Kerzenlicht glänzt flackernd auf dem frisch eingecremten Gesicht. „Heißer Kaffee? Bin sofort da! Was macht der Toast?"

„Der Toast?" Sie zuckt mit den Schultern. „Der wird so kalt sein wie vorher. Er hat es nicht mehr geschafft zu rösten. Wie war das, kein Strom, kein warmer Toast!"

Jan zieht eine Flunsch.

Wieder in der Küche späht Conny aus dem Fenster. Nach wie vor ist keine Straßenbeleuchtung zu erkennen, kein Licht aus den Nachbarhäusern, nur ein angedeutetes Flackern von Kerzenschein. Der Labrador winselt leise.

„Du musst noch warten, Wendy. Wir gehen heute später Gassi. Vielleicht kommt das Licht ja gleich wieder."

Jan schleicht mit dem Teller Teelichter bewaffnet in die Küche. Sie gießt ihm einen Becher dampfenden Kaffee ein. Genüsslich schlürft er ein paar Schlucke.

„Wenigsten der Kaffee war fertig."

Conny lacht. „Ja, euer Glück, dass ich immer so früh aufstehe!"

Jan stellt den Becher auf den Tisch, auf dem die Teelichter lustig flackern und der Küche eine flimmernde Beweglichkeit verleihen.

„Ich rufe jetzt auf der Arbeit an", meint Conny. „Wo ist eigentlich mein Handy?"

Suchend mustert sie die grauen Silhouetten der Küchenmöbel.

„Jan, hast du nicht gestern Abend noch damit telefoniert?"

„Ups, stimmt ja. Warte mal, ich habe es, ... hm, wo habe ich es hingelegt?"

Er kratzt sich verlegen an seinen Bartstoppeln.

„Na?"

„Ähm, ach ja, im Wohnzimmer auf der Fensterbank. Ich hole es dir! Warte einen Moment!" Er will schon losstürmen, doch Conny hält ihn an seinem Pullover fest.

„Vielleicht solltest du eine Kerze mitnehmen!" Sie hebt vielsagend die Augenbrauen und drückt ihm eine Schale mit drei Teelichtern in die Hand. Schon als er um die Ecke geht, hört sie ihn fluchen.

Der Hund war wieder schneller. Jan kann sich gerade noch abfangen, ohne zu stürzen.

„Binde den Hund an die Heizung!", ruft er energisch. „Ich kann sonst für nichts mehr garantieren."

Conny fasst sich seufzend an die Stirn und schiebt den knappen Pony hoch. Dann pfeift sie kurz.

„Wendy! Komm her! Komm!"

Schon stürzt das Tier erwartungsvoll in die Küche, reißt dabei fast noch den Mülleimer um. Sie rettet ihn mit einem ausladenden Tritt, indem sie ihn gegen die Wand drückt.

„Stop, stop, stop, stop!"

Conny geht dem Labrador mit gespreizt erhobenen Händen entgegen und packt ihn am Halsband. Sie zieht die Hündin mit einiger Anstrengung zur Heizung.

„So, da bleibst du jetzt. Mach Platz! Ja, brav so. Und bleib da!"

„Was wird das? Hundetraining im Dunkeln?" Lars steht am Tisch, immer noch fröstelnd. „Es wird überhaupt nicht warm." Er reibt sich die Arme.

„Zieh dir eine Jacke über, Kind! Und hier, trink etwas Warmes!"

Sie drückt ihm ihren Kaffeebecher in die eiskalten Hände.

„Bitte schön, da ist das Handy!"

Jan strahlt übers ganze Gesicht und reicht Conny, über die Schulter des großen schlaksigen Jungen, das Gerät herüber.

„Danke, ich werde mal im Dienst anrufen." Sie beginnt zu wählen.

Jan schlängelt sich an Lars vorbei, kniet sich zu Wendy und krault sie hinter den Ohren. „Schön brav bleiben, Süße. Heute haben wir hier verdrehte Welt."

„Ja, vor allem eine eiskalte Welt", murrt Lars hinter seinem Rücken.

„Jan!", kreischt Conny in diesem Moment. Sie hält entsetzt das Handy dicht vor ihre Augen. Das Display ist leicht bläulich erleuchtet. Ihr Liebster zuckt zusammen. Er richtet sich schlagartig auf, stößt sich dabei die Stirn am Hängeschrank, dessen Tür nicht ganz geschlossen ist.

„Au! Mensch, musst du mich so erschrecken?"

Conny bleibt ungerührt. Wild fuchtelt sie mit dem Telefon herum.

„Hast *du* gestern so lange damit telefoniert?"

Jan reibt sich die schmerzende Stirn.

„Na ja, vielleicht zwanzig Minuten, oder so."

Lars tritt neben seine Mutter und betrachtet das Display. „Der Akku ist fast leer", stellt er trocken fest.

„Oh Mann, ich hatte ganz vergessen, es dir zu sagen, Conny." Jan klingt zerknirscht. „Ich wollte ihn noch aufladen."

Conny stößt hörbar die Luft aus. Jan ist froh, dass er im schwachen Kerzenlicht ihr wütendes Gesicht nicht sieht. Er beißt sich verlegen auf die Lippen.

„Hoffentlich reicht der Saft noch."

„Ja, wehe dir, wenn nicht!"

Erneut beginnt Conny zu wählen. Sie hat Glück, ihre Kollegin meldet sich sofort am anderen Ende der Leitung. Wie ein Maschinengewehr rattert Conny die Worte herunter. „Hallo, Moni, wir haben Stromausfall. Nichts geht mehr. Kein Licht, keine Heizung, kein Telefon. Und ich weiß nicht, wie lange der Akku vom Handy noch hält. Der ist gleich leer! Ich nehme heute Urlaub. Will das Haus nicht alleine lassen. Man weiß ja nie. Und sag unserer Chefin …! Oh … die Verbindung ist weg."

Es ertönt ein eindringlicher Piepton. Das Display ist erloschen. Conny stellt das Handy ganz aus.

„Na hoffentlich hat sie alles mitgekriegt."

„Das wird sie schon", versucht Jan sie zu beruhigen.

„Seht zu, dass ihr los kommt, Leute. Die Züge fahren nicht so oft und wann der Bus kommt, wisst ihr auch nicht."

Jan wirft sich seine Daunenjacke über. „Auf geht's, Junior!"

„Nenn mich nicht Junior!", knurrt der Siebzehnjährige, ebenfalls in die Jacke schlüpfend. „Du bist nicht mein Vater!"

Man merkt, dass er äußerst schlecht gelaunt ist. Sein Nörgeln ertönt noch jenseits des Gartenzaunes zum Haus herüber.

Zehn Minuten später ist sie fertig angezogen. Sie löscht die Kerzen in den anderen Räumen und greift zum Schlüssel auf dem Regalbrett neben der Haustür.

Plötzlich reißt sie die Augen auf. Sie hebt das noch brennende Windlicht auf dem Bord ein wenig in die Höhe. Auf dem Schuhschrank liegt ein schwarzer Behälter. Conny lacht hell auf.

„Oh, diese Männer, jetzt hat Jan auch noch den Rasierapparat vergessen! Das wird ihm ja peinlich sein! So halb rasiert im Büro." Noch grinsend rasselt sie mit der Hundeleine.

„Komm Wendy, jetzt geht es los!"

Tornado im Herbst

Windeskind lachte und begann
vor lauter Aufregung zu tanzen.
Es wollte mit den Sonnenstrahlen spielen,
sie jagen oder um die Wette fliegen!

Der Sturm riss klappernd an den Fensterläden der geräumigen Blockhütte. Die Wände knirschten ein wenig, doch der Bau war stabil, so dass er eine gewisse Geborgenheit vermittelte.

Feline spähte aus dem Fenster auf die sich dunkel auftürmenden Wolken. Grau knäuelten sie sich jenseits der Hügel, fast wie ein entfachtes Feuer mit seinen Rauchwolken. Sie spürte untergründige Angst. Schnell wischte sie die letzten Krümel von der Anrichte, ließ dabei jedoch nicht das aufkommende Wetter aus den Augen.

Für zwei Oktoberwochen war die gesamte Familie in das eigene Ferienhaus in Schleswig-Holstein gefahren. Zu dieser Zeit hatten sie hier in vergangenen Jahren schon so manches Gewitter erlebt.

Quentin trat zu ihr, in einer Hand die Brille, mit der anderen fuhr er sich durch das schüttere Haar.

„Das sieht nicht gut aus", brummte er.

„Wir sollten die Hütte sichern. Ich hole einige Balken aus dem Schuppen."
Seine Schwiegertochter sah ihn ungläubig an. „Willst du die Fenster vernageln?"
„Ein Brett quer rüber kann nicht schaden", erwiderte er und lief zur Haustür. „Hol` die Kinder lieber herein, Samuel und Jan sollen sich schleunigst aus dem Keller bewegen, um zu helfen."
Feline schüttelte wortlos den Kopf.
,Der Alte wird immer merkwürdiger', dachte sie, ,so schlimm wird es schon nicht werden'. Doch als sie erneut durch die Scheiben blickte, krampfte sich ihr Magen zusammen. Der Horizont war vollständig von dem Wolkenkoloss verdeckt und drüben, weit hinter den jetzt winzig wirkenden Bauernhäusern an der Hauptstraße, bildete sich soeben ein senkrechter Luftschlauch, der in wirbelnder Bewegung vor dem schwarzen Himmel tanzte. Die junge Frau warf das Wischtuch ins Waschbecken, rannte zur Eingangstür und brüllte in das Windgeräusch hinaus.
„Philipp, Mark, Sally, sofort ins Haus mit euch!" Drei Kinderköpfe fuhren fragend in die Höhe. „Kommt herein!", drängte Feline. „Sofort!"

Sechs Beine setzten sich in Bewegung. Der stärker gewordene Wind zerzauste die blonden Schöpfe. Feline schob sie in die Stube. „Geht runter in den Keller. Es gibt ein schlimmes Unwetter." Sie drückte jedem der Kinder eine Wolldecke in den Arm. „Husch, husch, beeilt euch." Dann rief Feline nach den Zwillingen.

Inzwischen hämmerte Quentin bereits die ersten Bretter gegen die vibrierenden Fensterrahmen. Ein Fensterladen nach dem nächsten schlug klappernd zu. Bei dem Gebäude handelte es sich um ein sechseckiges Blockhaus, das großzügig gebaut, auch über zwei behagliche Keller-räume verfügte. Großvater Quentin hatte es eigenhändig errichtet. Es lag auf ei-nem Hügel, von dem man weit über das Tal schauen konnte.

Samuel und Jan stapften, murrend über die Störung, die ausgetretene Steintreppe empor. Feline wies zum Küchenfenster hinaus. „Helft dem Großvater, aber schnell! Wir kriegen einen Tornado!"

Die siebzehnjährigen Zwillinge erwach-ten schlagartig aus ihrer Trägheit.

„Verdammt!", stieß Jan aus. „Das sind ja sogar zwei Windhosen!"

Tatsächlich hatte sich in der kurzen Zeit ein zweiter Schlauch gebildet. Feline lief eine Gänsehaut über den Rücken. Der Sturm trieb die Wolkenmassen mit unglaublicher Geschwindigkeit auf das Haus von Quentin zu. Die Jungen hielten dem Großvater die Balken, damit dieser lange Nägel hineinschlagen konnte.

Regen peitschte ihnen in die Gesichter. Schließlich drängten sie sich schwer atmend ins Haus. Schweißgebadet sackte Quentin auf einen Hocker.

„Dieser Wirbelsturm kann ganze Häuser wegreißen!", schnaufte er.

„Helft mir die Sachen hinunterzutragen", erwiderte Feline nur und zeigte auf mehrere Körbe mit Lebensmitteln. Die Jungen griffen sich die Behälter und schleusten sie durch die schmale Kellertür, hinter der eine steile Wendeltreppe nach unten führte. Der Sturm riss währenddessen schon an der Fassade.

Quentin warf noch einen Blick auf die dunklen Fenster, dann nahm er seinen Tabaksbeutel, zwei seiner Lieblingspfeifen und seine dicke Strickweste, die auf einem der Ohrensessel lag und winkte Feline zu. „Komm du jetzt auch."

Sie hob den letzten Korb hoch und ging voran. Mit einem kräftigen Ruck zog Quentin die Kellertür hinter sich zu und schob einen breiten Metallriegel vor.

Über ihnen heulte der Tornado.

In diesem Moment erloschen alle Lampen. „Wir haben Stromausfall!", grölte eines der Kinder.

„Ach, tatsächlich!", konterte Sam.

Feline war auf der untersten Stufe der Treppe stehen geblieben. Irgendwo am Ende des Raumes flackerte das Licht eines Feuerzeuges auf. Dann ein zweites. Jan fand als erster eine Kerze und entzündete sie. Gleich darauf brannte die nächste und nach und nach leuchtete der Raum wie in festlicher Stimmung. Feline setzte ihren Korb auf den Boden und half Quentin im Dämmerlicht die Stufen hinunter.

„Wieso habt ihr eigentlich Feuerzeuge, ihr Burschen?", schimpfte sie dann. „Raucht ihr etwa?" „Na welch ein Glück, dass wir welche haben", grinste Samuel ausweichend. „Sonst wäre es nicht so schnell wieder hell geworden."

Seine Mutter seufzte ergeben.

Die jüngeren Kids hatten sich ängstlich auf eine der Schlafmatratzen verkrümelt. Feline setzte sich zu ihnen und strich ihnen über die Köpfe. „Keine Bange, hier unten sind wir sicher. Solch ein Sturm geht schnell vorbei."

Das Tosen des Tornados war zu einem gurgelnden Lärm angeschwollen. Sogar die Zwillinge blickten unsicher zur Kellertür, die unentwegt klapperte. Sie flenzten sich auf die andere Liege zwischen einem Berg von Zeitschriften und versuchten sich ihre Erschütterung nicht anmerken zu lassen. Die Kinder hatten bisher noch keinen Tornado miterlebt.

Quentin saß, die kalte Pfeife zwischen den Lippen, in einem alten Schaukelstuhl, den er vor Jahren aus der oberen Etage nach unten gebracht hatte. Seine Gedanken flogen zu seinem Sohn, den sie am Abend erwarteten. Sie konnten nur hoffen, dass er auf dem Weg hierher einen gesicherten Unterschlupf gefunden hatte.

„Das Funknetz ist überlastet", meinte in diesem Moment Jan. Er tippte wie wild auf seinem Handy herum. „Kein Netz."

„Meins funktioniert auch nicht", bestätigte Samuel, während er an den Drehknöpfen eines alten Transistorradios drehte.

Es rauschte ganz fürchterlich.

„Mensch, wenn ich bloß einen Sender reinkriegen würde."

Quentin horchte auf die Geräusche außerhalb ihrer Fluchträume. Es war ziemlich still geworden.

„Wahrscheinlich ist der Tornado direkt über uns. Es ist ruhiger geworden. Wir müssen uns in seinem Auge befinden."

„Wirklich?", stieß Jan aus und sprang auf. „Das muss ich sehen." Schon rannte er die Treppe hinauf. Sein Bruder folgte ihm.

Aber ihre Mutter war ebenfalls hochgeschossen und fing die beiden ab.

„Untersteht euch!", fuhr sie die zwei an. „Hier wird keine Tür geöffnet, verstanden!"

„Ach, Mama!", maulten die Jungs. Doch ihre energische Geste sagte, dass es in diesem Fall keine Diskussion gab. Das war auch gut so, denn noch während sie sich erneut auf das Sofa warfen, nahm der Lärm draußen wieder zu. Quentin schmunzelte, als er ihre erschrockenen Gesichter sah.

Es war ganz still im Keller. Samuel knipste von Zeit zu Zeit seine Taschenlampe an und aus. Die Kerzen flackerten und jeder horchte hinaus.

„Es scheint vorüber zu sein", meinte Feline schließlich. „Ich schau mal nach. Gib mir die Taschenlampe, Sam."

Ihr Ältester erhob sich. „Ich komme mit."

„Nein, kommt nicht in Frage."

Doch diesmal prallte ihr strenger Blick von ihm ab. Sie wusste, dass sie ihn nicht halten konnte und nickte. Jan folgte ihm wie ein Schatten. Behutsam drückten sie die Kellertür ein wenig auf. Sam spähte durch den Spalt. „Alles in Ordnung!", lachte er. Seine Mutter schob sich an ihm vorbei. „Tatsächlich?"

Schon drängte sich die komplette Familie nach oben. Im Inneren des Hauses waren keine Schäden zu erkennen. Sie traten vor die Tür.

Feline schlug erschüttert die Hände vor den Mund, um nicht laut aufzuschreien. Der gesamte Garten war zerstört.

Quentin legte ihr sacht die Hand auf die Schulter.

„Das kann man alles wieder aufbauen. Hauptsache, das Haus steht noch", brummte er, aber seine Stimme zitterte.

Die vierjährige Sally klammerte sich an Felines Beine. „Mama, wo sind denn die ganzen Bäume geblieben?"

Ihre Mutter versuchte ein Lächeln und nahm sie auf den Arm. „Die hat der Tornado umgeknickt. Wir pflanzen neue Bäume, Schatz."

„Jan, Sam!" rief Quentin „Lasst uns nachsehen, ob es Schäden am Haus gibt."

Feline atmete tief durch. Erst jetzt bemerkte sie die immens breite Schneise der Zerstörung. Im Dorf flackerten unzählige Blaulichter. Manche bewegten sich auf ihren Hügel zu, bis das umgestürzte Gehölz und Gestrüpp ein Fortkommen verhinderte. Zwei Leute kämpften sich den Hang hinauf.

Quentin kam zurück.

„Hinten ist ein Baum auf den Anbau gefallen, aber das können wir reparieren", verkündete er sehr zuversichtlich. „Sonst ist bis auf einige Kleinigkeiten alles heil geblieben."

Feline konnte es kaum glauben.

„Quentin", erwiderte sie und umarmte ihn fest. „Du bist der beste Baumeister der Welt!"

„He!", ertönte plötzlich eine Stimme bei den Hecken. „Und wer küsst mich?"

Die Beiden fuhren herum.

„Papa!", jauchzte Sally und löste sich von ihrer Mutter. Sofort umrundeten auch die anderen Kinder den Vater.

Feline traten Tränen in die Augen, als sich ihre Blicke trafen. Sie hatte während des Sturmes die Sorgen um ihren Mann Tom vollkommen in den Hintergrund gedrängt. Schluchzend fiel sie ihm in die Arme.

„Tja", grinste Quentin seine Enkel Jan und Sam erleichtert an. „Die Männer in unserer Familie sind eben zäh!"

Verschwunden

„Dann, oh Geist der klaren Lichtung,
überstrahlt die dunkle Fülle
eine Regenbogensonne,
öffnet sich zur hellen Hülle."

Die Blumensträuße auf den Fenster-
bänken können nicht trösten oder ablenken. Die lichtdurchflutete Veranda, der
gemütliche Vorflur ebenfalls nicht.

Sie sind erschöpft, fix und fertig nach
der langen Suche und klitschnass wegen
des Herumrennens von einer Straße zur
anderen im strömenden Regen, bis sie
sich schließlich zurück zum Haus begeben
haben, in der Hoffnung, dass Amelie wieder aufgetaucht ist.

Aber das ist sie nicht! Für einen Moment
schließt Josephine die Augen und atmet
tief durch. *Wo ist sie nur?*

*

Hart peitscht ihm der Wind den Regen
um die Ohren. Prasselnd, kalt und unbarmherzig ergießt sich die Flut über Jacke und Kapuze. Die Brücke bildet eine
Windschneise, unbarmherzig drückt er
gegen den Körper. Lange Pfützen haben
sich gebildet, über die man balancieren
muss, um keine nassen Füße zu bekom-

men. Dann erst die Treppe zum Fußweg, glitschig von Dreck und Restlaub. Das Geländer ist klamm, die Feuchtigkeit dringt durch die Handschuhe, so als müsste sie sich noch zusätzlich bemerkbar machen. Autoreifen zischen über Aquaplaning, die Bewegungen der Scheibenwischer an den Fahrzeugen klingen wie eine gerade instand gesetzte Wassermühle und zu allem Überfluss rast ein Radfahrer außerhalb des Radweges quer an ihm vorbei. Wasser wirbelt auf, spritzt in alle Richtungen, auch gegen seine neu erworbene helle Winterjacke.

‚Jawohl, es ist Winter!', sinniert Bellmann mürrisch. ‚Aber nicht der Winter, den man sich erträumt, mit zarten weißen Schneeflocken, die flüsternd vom Himmel fallen, und weich Erde, Häuser und Gartenzäune in silbrige Watte hüllen. Auch nicht der Winter, in dem sich die Geräusche der Stadt in dumpfe Töne verwandeln, weil der wundersame Schnee alles dämpft, was er umgibt.'

Kommissar Richard Bellmann ist wirklich nicht bester Laune, ja, es darf gesagt werden, dass ihm das Wetter heute besonders auf den Geist geht, während er gegen halb Acht des dritten Januar, die kalten Hände in den Taschen, in Richtung

Büro stapft. Na gut, es ist eher ein Tänzeln zwischen den Wasserlachen hindurch, welches ihn wie ein Nashorn im Spitzenballett aussehen lässt. Die Brille ist ihm auf die Nasenspitze herunter gerutscht, das Käppi auf seinem Kopf hängt tief über den Augen zum Schutze gegen den feuchteisigen Wind und die triefende Nässe. Dies verlängert wiederum die Vorderfront seines Gesichtes in dem Maße, dass sein Profil dem Kopf des besagten afrikanischen Spitzmaulnashorns im Dämmerlicht des Morgens schon sehr ähnlich sieht.

Zudem verfügt der Herr Kommissar über eine beachtliche Leibesfülle, welche er jetzt seufzend durch die Eingangstür des Polizeigebäudes drückt.

Sein Kollege Steen van Hargen ist bereits eingetroffen, hält eine dampfende Tasse Kaffee in den Händen und begrüßt den Kollegen mit: „Was für ein Wetter, Rick! Ich wäre liebend gern im Bett geblieben.“

„Wem erzählst du das?“, brummt Bellmann. „Aber der Job ruft.“

„Ja und wie“, erwidert Steen. „Wir haben heute Morgen eine Vermisstenanzeige reinbekommen. Ein Mädchen, vier Jahre!“

„Mist!“, entfährt es dem Kollegen. „Ist was Genaueres bekannt?“

„Nur, dass sie heute Morgen um Fünf noch in ihrem Bett geschlummert hat."

„Mann, es ist erst knapp acht Uhr. Und dann wird sie schon als vermisst gemeldet?"

„Die Mutter und deren Schwester haben über eine Stunde vergeblich gesucht! Im Haus ist sie nicht, sagen sie, im Garten haben sie auch gesucht und in der Umgebung rund ums Haus, in den Nebenstraßen. Sie sind sehr verzweifelt. Ich will mal gleich hinfahren und mir ein Bild von der Lage machen und ein Foto holen ect.pp!"

„Wie weit kann ein kleines Kind in dem Alter denn und überhaupt bei dem Wetter gelaufen sein?" Bellmann schüttelte den Kopf. „Na gut, Steen, ruf an, wenn du Verstärkung bei der Suche brauchst."

Dieser war bereits an der Tür und nickt nur noch. Auf dem Weg zum Auto klingelt sein Handy.

„Oh gut, dass ich dich erreiche, Brüderchen", ertönt eine bekannte Stimme.

„Kannst du mich kurz zur Kirche fahren?"

„Geht nicht", würgt Steen seinen Zwillingsbruder Havn sofort ab. „Bin gerade im Einsatz. Eilige Sache!"

„Ach komm, du sollst mich und mein Cello doch nur kurz an der Kirche abliefern.

Diese Nässe macht mir das Instrument kaputt, wenn ich zu Fuß gehe. Um neun Uhr ist Probe für das Konzert heute Abend. Bitte, Steen!"

Havn van Hargen und Steen van Hargen sind Zwillinge, sechsunddreißig Jahre.

Das Haar tragen sie beide gleich, in blonden kinnlangen Locken und sie wirken durchaus sehr attraktiv.

Es war typisch für Havn. Er hatte sich schon vor Monaten einen Wagen zulegen wollen, aber wie Künstler manchmal so sind, war er völlig verplant und verschob diese Angelegenheit andauernd.

Steen überlegt kurz.

„Na gut", erwidert er dann. „Ich hole dich ab. Mein Weg führt sowieso an der Kirche vorbei."

„Oh, klasse und danke!", kommt es freudig zurück, bevor er auflegt.

„Immer das Gleiche", knurrt Steen.

Drei Straßen weiter hilft er seinem Bruder das Cello ins Auto zu hieven und vier Straßen weiter geschieht das Gleiche, nur in umgekehrter Art und Weise. Der Regen ist inzwischen in Schnee übergegangen. Steen schüttelt sich.

„Brr, es wird noch kälter werden. Und ich muss auf Suchaktion."

„Was oder wen suchst du denn?", fragt Havn interessiert.

„Ein vierjähriges Mädchen. Ich muss jetzt erst einmal die Mutter befragen. Ok, viel Erfolg bei eurer Musik, Havn. Zurück nimmst du dir aber ein Taxi! Ich bin schließlich nicht dein Chauffeur."

„Ja ja, klar", kommt die eifrige Antwort.

Havn schleppt sein Instrument Richtung Kirchenportal. Einen Moment lang blickt ihm sein Bruder nach. Er fühlt immer Verantwortung für den um eine Stunde jüngeren Havn. Plötzlich bemerkt er wie sein Bruder im Gehen inne hält und sich suchend umsieht. ‚Was ist denn nun schon wieder los?', überlegt Steen. Er stand bereits mit einem Bein im Auto und zieht es wieder auf den kalten Asphalt.

„He, was ist?", ruft er seinem Bruder zu.

Dieser winkt ihn heftig zu sich. Havn hat bereits sein Cello an die Wand neben dem hohen Eingang der Kirche abgestellt. Er lauscht angestrengt.

Als Steen bei ihm an kommt, vernimmt er ein leises Wimmern. Die Zwillinge folgen dem Geräusch, immer entlang der gewaltigen Kirchenwand. Havn wäre fast in ein offenes Kellerfensterloch getreten, kann sich aber gerade noch zur Seite gegen die Mauer werfen. Als sie niederknieen, sehen sie einen halben Meter unter sich ein weinendes Kind kauern.

Steen springt ins Loch hinunter, hebt das zitternde Bündel auf seine Arme und reicht es Havn nach oben. Dieser hatte geistesgegenwärtig bereits seine Daunenjacke ausgezogen und wickelt das Kind darin ein. Mit sanfter Stimme spricht er mit dem Mädchen.

Steen stemmt sich aus dem Loch empor und klopft von seiner Hose den Schmutz ab. Ein erleichtertes Lächeln erhellt sein Gesicht. „Na, wer hätte das gedacht, dies muss das Mädchen sein, welches gesucht wird. Der Fall scheint bereits gelöst zu sein." Er beugt sich über das Kind, das nun, eingehüllt in Wärme, mit dem Wienen aufgehört hat. Große braune Augen mustern die Männer.

„Ist sie verletzt?", fragt Steen seinen Bruder.

„Ich glaube nicht. Schau mal, wie friedlich sie guckt. Wie heißt du denn?", flüstert Havn sanft.

„Amelie", kommt es schüchtern aus dem Daunenpaket.

„Tut dir etwas weh, Amelie?"

Zaghaft schüttelt das Mädchen den Kopf.

„Das ist fein", meint Steen. „Dann bringen wir dich jetzt zu deiner Mama, ja!"

„Wir?" Havn macht große Augen.

„Ja klar", entgegnet Steen. „Ich kann schließlich nicht Auto fahren und die Kleine festhalten." Havn atmet tief aus.

„Na gut, du hast Recht. Nimm sie mal kurz. Ich stell nur schnell mein Cello rein und sage der Gruppe Bescheid."

Innerhalb weniger Minuten ist er wieder da. Steen hat im Auto eine Decke, in welche er Amelie warm einpackt. So kann sein Bruder seine Jacke wieder anziehen.

„Meine Güte ist das kalt", bibbert Havn und zieht das Wolldeckenkinderbündel dicht an sich heran. Er sitzt mit Amelie auf der Rückbank des Fords. Diese schaut neugierig im Auto herum, denn Steen nimmt nun das Funkgerät.

„He, Luisa", begrüßt er die Dame an der anderen Leitung. „Sagen Sie dem ollen Bellmann, dass ich das Kind gefunden habe. Ich bringe es jetzt heim. Es ist nicht weit. Melde mich nachher."

„Verstanden, Steen. Wird erledigt!"

„Ach Mist!", schimpft dieser im selben Moment. „Wir kommen hier nicht mit dem Wagen durch. Bauarbeiten! Den Rest des Weges müssen wir zu Fuß laufen."

„Auch das noch." Havn stöhnt, seine schwarzen Halbschuhe betrachtend, die bereits beim Einsatz im Matsch bei der Kirche gelitten haben.

Allem zum Trotz müssen sie hier raus und im mittlerweile stärker gewordenen Schneegestöber an der Straße entlang gehen. Die Bauleute hatten dort für Rohrarbeiten tiefe Gruben ausgehoben.
Havn weist mit dem Kopf auf die Löcher. „Welch ein Wunder, dass sie da nicht rein gefallen ist."
„Das kannst du wohl sagen", nickt Steen zustimmend. „Dem Himmel sei Dank!"

*

„Wo kann sie nur sein?"
Genau diese Worte stößt Antonia gerade aus und schluchzt heftig auf. Verzweifelte Tränen rollen über ihr Gesicht. Josephine findet keine Worte des Trostes für ihre Schwester, ratlos wie sie selbst ist.

Unverhofft nimmt sie jedoch draußen eine Bewegung wahr und schaut durch die zarten Gardinen an den Butzenfenstern. Zwei Männer laufen entlang des Grundstückszaunes. Einer von ihnen trägt ein Bündel auf dem Arm. Suchende Augen schauen über den Gartenzaun, als sie sich mit zügigen Schritten dem Haus nähern. Einer der Männer setzt in diesem

Moment ein Kind an der Pforte auf dem Boden ab und wickelt es aus einer Decke.

Es ist Amelie, Antonias Tochter, also Josephines Nichte. Josephine springt auf, reißt die Verandatür auf und läuft ihnen über den Kiesweg entgegen, der zum Haus führt, rechts und links vorbildlich gekürzter Rasen, jetzt mit einer dünnen Schneeschicht bedeckt. Sie breitet die Arme aus und fängt Amelie auf, nachdem diese den Mann losgelassen hat und auf sie zugetollt kommt.

Die Kleine lacht fröhlich, spürt nicht die Angst der Erwachsenen und nicht die Angst ihrer Mutter, die nun ebenfalls aus dem roten Holzhaus rennt.

„Oh, mein Gott, da ist sie ja!", ruft Antonia überglücklich.

Josephine schluckt hart, Gott sei Dank, das Kind ist wieder da!

Die beiden Herren beobachten schweigend die Szene des Wiedersehens. Ihre Blicke treffen sich. Die van Hargens stellen sich vor.

„Kommissar Steen van Hargen, Polizei Maybach." Er senkt kurz den Kopf. „Und dies ist mein Bruder Havn van Hargen!"

„Das ist Antonia Salor, meine Schwester, Amelies Mutter", erwidert Josephine mit einer Geste. „Ich heiße Josephine de

Frey. Danke, dass sie Amelie zurückge-
bracht haben!"

„Wo war sie nur?", fragt Antonia jetzt.

„Sie ist neben der Kirche in ein Kellerloch
gefallen. Mein Bruder hörte etwas wimmern und dann haben wir sie dort gefunden. Ich war gerade auf dem Weg zu
Ihnen, hatte meinen Bruder dort nur ab-
gesetzt", erklärt Steen den beiden Frau-
en. Es klang fast entschuldigend.

„Welch ein Glückfall! Ganz bis zur Kirche
ist sie gelaufen? Oh mein Gott! Was hätte
da noch alles passieren können", erwidert
Josephine. „Wir vermuten, dass sie durch
die Katzenklappe entwischt ist. Dort lag
ihr kleiner Teddy."

„Meine Güte, was es alles so gibt", entfährt es Havn.

 Antonia hat sich inzwischen wieder ge-
fasst und bedankt sich überschwänglich.

„Haben Sie Zeit und Lust auf einen Kaffee
oder ein Tässchen Tee bei dieser Eiszeit",
schlägt Josephine vor und reibt sich fröstelnd die Arme. „Wir haben sicher auch
noch Kuchen, nicht wahr, Antonia?"

„Na ja ...", beginnt Havn und wirft seinem
Bruder einen Blick zu. Dieser nickte sofort. „Natürlich, diese Einladung nehmen
wir gerne an. Ich muss sowieso noch ein
Protokoll aufnehmen. Etwas Warmes

würde gut tun. Aber wenn du keine Zeit mehr hast, Havn. Wolltest du nicht zur Probe?" Sein Bruder schaut auf die Uhr.

„Das hat sich inzwischen erledigt."

„Wir würden uns freuen, wenn Sie blieben. Sie haben uns schließlich von einer riesigen Sorge befreit. Ich setze sofort den Kaffee auf. Wer möchte Tee?"

Antonia läuft bereits mit Amelie fest an der Hand Richtung Haustür.

Josephine muss lachen. „Ich nehme Tee!", ruft sie ihr hinterher. „So ist sie, meine Schwester, die perfekte Hausfrau und Gastgeberin!"

Gemeinsam betreten sie den geräumigen Flur. Antonia hat ihn in zarten Hellblau- und Weißtönen eingerichtet. An der Fensterfront steht ein schmaler Tisch, rechts und links davon jeweils ein heller Korbsessel mit gemusterten Kissen.

Ebenso wie an der hellblauen gegenüberliegenden Wand. Dazwischen gibt es genügend Platz, um auf dem langen Sisalteppich zur Küche zu gelangen.

Der Flur hat Verandacharakter und ist urgemütlich. Man kann sich hier stundenlang aufhalten, um zu essen, zu lesen oder einfach nur aus dem Fenster zu schauen und das Treiben der Vögel oder Eichhörnchen auf den Bäumen auf der anderen Straßenseite zu beobachten. Feine Grünpflanzen runden alles zu einem Bild der unendlichen Ruhe und Zufriedenheit ab.

Josephine weist auf die Korbstühle. „Nehmen Sie doch hier Platz. Wir verbringen viel Zeit des Tages in unserer sogenannten Loge."

„Es ist sehr geschmackvoll eingerichtet", lobt Steen. Sein Bruder brummt zustimmend. Er wirft Josephine ein blitzendes Lächeln zu. Schnell flüchtet sie in die Küche, um das Kaffeegeschirr zu holen.

„Was für nette Herren", flüstert Antonia.

„Oh ja, sehr nette Burschen."

Ernste Worte für Josephine, denn sie haben sie beeindruckt, die Zwillinge.

Und das soll etwas heißen. Sie ist seit einiger Zeit jenseits davon, von irgendeinem Mann auf irgendeine Art und Weise beeindruckt zu sein. Zu viel war passiert in den letzten zwei Jahren, zu viel Kummer, zu viele Enttäuschungen. Jedes Mal war ein Mann die Ursache gewesen, ob beruflich oder privat.

Aber diesmal? Ein Musiker und ein Kommissar! Was würde das noch werden? Oder besser gesagt, würde das was werden?

Herbstbäumerauschen

„ Gedanken, verhangen wie eine Trauerweide,
sich neigend zum Flusse der Gefühle.
Schau auf, entdecke das Licht zwischen den Ästen.
Atme!"

Der Schimmer der Sonne liegt schwer auf dem See. Schattenbrocken bedecken an manchen Stellen wie in einem Spiegel die Oberfläche.

Sie scheinen darauf zu schweben, ja zu tanzen, sobald ein winziger Lufthauch das Wasser berührt und es schwach kräuselt.

Kleine Schiffchen von rotgelbem Laub treiben entlang des erdigen Ufers. In der Höhe wiegen sich die Wipfel der Rotbuchen. Die Füße stapfen tief ins knisternde Herbstlaub, wirbeln es auf.

Eine mächtige Trauerweide taucht die Spitzen ihrer Seidenfinger ins Nass, fast so, als wolle sie die Wärme testen.

Im Schutz der hängenden Zweige verbergen sich Stockenten und Blesshühner. Manch einer der Vögel hat seinen Kopf in das Gefieder gesteckt und schläft, während er in sanfter Ruhe hin und her schaukelt.

Idylle pur oder trügerische Ruhe?

Solange das Wochenendwetter anhält, o.k.! Dann kann man die Figur auf das

Fahrrad schwingen oder eine ausgedehnte Wanderung unternehmen und entdecken, dass man die Umgebung nach zwanzig Jahren immer noch nicht ganz erkundet hat.

Lukas wohnt sozusagen auf dem "Berg", der Stadtteil heißt Bergedorf/Lohbrügge, also auf Hügeln und Brücken.

Ja, das scheint wirklich machbar; schließlich wurde es von unseren Vorfahren vorgelebt.

‚Nur, heutzutage lebt jemand höchstens noch unter Brücken und nicht mehr darauf‘, denkt er. ‚Und auf den Hügeln wohnen meistens die gut betuchten Leute, wenn man so die Villengegenden betrachtet.‘

Er stiefelt flott durch die Boberger Niederung. Tapp, tapp, ... tapp, tapp ..., gleichmäßig im Rhythmus zu den Stöcken seiner Weggefährtin Benni.

Er hat sie letzte Woche in der LOLA aufgegabelt. Sie saß mit einer Freundin am Tresen und er fand sie irgendwie süß. Dass sie dann ins Gespräch kamen, lag daran, dass das Handy der Freundin klingelte, diese rausging, um überhaupt etwas verstehen zu können.

Er nutzte die Gelegenheit, um das zauberhafte rothaarige Wesen anzusprechen.

Sie entpuppte sie als Sportfan und so hatten sie sich zum *Walken* verabredet.

„Hast du das heute Morgen gehört?", fragt Benni in diesem Moment. Der kräftige Wind weht ihr eine Haarsträhne ins Gesicht. „Es soll wieder Sturm geben und Hochwasser an der Elbe."

„Na ja, das kennen wir Hamburger doch", erwidert er. Und um etwas Schlaues zu sagen, fügt er hinzu: „Der Fluss ist zwar nahe und doch irgendwie entfernt. Zur Elbe hinunter liegen zum Glück noch tiefere Gebiete, die Vier- und Marschlanden oder Curslack mit weiten Flachwiesen und Gräben. Die schlucken das Wasser, falls tatsächlich mal ein Deich bricht." Er zuckt mit den Achseln. „Da kann sich derjenige auf dem Berg, wie wir zum Beispiel, noch einmal in seinen Federn umdrehen, sobald die Hochwassersirenen ertönen."

„Ich nicht, ich bin bei der freiwilligen Feuerwehr!", meint sie lakonisch, kein bisschen außer Atem.

‚Ups', denkt Lukas und beißt sich auf die Lippen. ‚Großes Fettnäpfchen! Das war voll daneben.'

„Oh, tatsächlich?", pustet er und versucht, es sich nicht anmerken zu lassen, wie ihm der scharfe Lauf zusetzt. Sie sind bereits mindestens zwei Kilometer stramm gegangen. Benni scheint das nichts auszumachen. Ihre Stimme hört sich ganz normal an, als sie antwortet.

„Ja, wenn die Feuerwehr ihre riesigen Spotstrahler auf einen aufgeweichten Deich richtet und die Gefahr besteht, dass er unter dem Gewicht der Wassermassen bricht, spätestens dann muss ich zum Helfen raus. Sandsäcke füllen und schleppen, Pumpen anschmeißen und so weiter", erklärt sie ihm.

Glücklicherweise bleibt sie in diesem Augenblick stehen, atmet tief ein und aus, lockert Arme und Beine und steht dann, sich auf die Stöcke stützend, ihm gegenüber.

Froh um die Pause, tut er es ihr gleich.

„Bewundernswert, dass du so etwas machst. Aber na gut", schnauft er. „Das sind die Schattenseiten des Lebens oder besser gesagt, die Schattenseiten für diejenigen, die in den Marschen dicht neben dem Deich wohnen. Der Bergbewohner würde dann wohl sagen: ‚Tja, Pech gehabt! Was zieht ihr denn in solche Gegend!'. Jeder weiß doch, dass dann der Zollenspieker Anleger überschwemmt ist. Und trotzdem parken dort in diesen Zeiten Leute ihre Autos, die dann aus dem Wasser gezogen werden müssen, genauso oft wie auf dem Fischmarkt am Hafen. Die Dussel, die ihre Autos in dem Bereich geparkt haben sind selbst Schuld. Ich frage mich, warum die Leute nicht daran denken, ihr Auto rechtzeitig zu entfernen. Im Hafen gibt es doch auch überall erhöhte Flächen, über die man kommt, falls der Wasserstand zu hoch ist."

Sie lacht hell auf und wirft keck den Kopf zurück. Ihre Augen blitzen.

„Ja, das stimmt. Aber wirklich zu blöd, wenn man sich am Hafen nicht auskennt. Dann ist man gefangen, bis die Flut abläuft oder zumindest der Sturm abflaut."

Spürt er da etwa ein Knistern zwischen ihnen? Er legt eine Hand auf ihren Arm.

„Der Sturm pfeift heute allerdings schon sehr heftig und kommt direkt von vorn. Wir sollten vielleicht Richtung Heimat stiefeln. Was meinst du?", schlägt er vor.

„Du hast Recht. Die Blätter fliegen einem ganz schön um die Ohren. Und sieh dir die Wolkentürme dort hinten an. Ich fürchte, da braut sich was zusammen."

Sie ist bereits umgedreht. Er versucht, ihr schnellstens zu folgen.

„Ich wohne im Dachgeschoss", erzählt sie, während sie strammen Schrittes weiter walkt. „Dort spürt man es ganz besonders. Aber es ist sehr gemütlich bei solch einem Wetter. Man hat eine gute Aussicht auf alle Unwetter, sei es Gewitter mit Wolkentürmen oder Blitz und Donner."

Lukas Herz schlägt schneller.

„Wie interessant! Ich war noch nie beim Gewitter unterm Dach. Könnten wir bei dir nicht noch einen Kaffee trinken?"

„Na klar!", erwidert sie achselzuckend, als wäre es das Selbstverständlichste von der Welt, einen Mann, den sie erst zweimal gesehen hat, zu sich einzuladen.

„Komm, wir müssen uns sputen."

Das Wohnzimmer geht zum Westen, da drückt so einige Kraft gegen die Fenster und auf den Balkon. Die Scheiben zittern. Hagel klappert gegen das Glas.

‚Aber wir Norddeutschen sind ja diesbezüglich Kummer gewöhnt', denkt Lukas, als er sich einen der bequemen Sessel fallen lässt.

Der Rückweg hat ihn tierisch geschlaucht. Sie waren noch schneller gelaufen als auf dem Hinweg, weil es bereits zu regnen begonnen hatte.

Draußen rasen Blitze über den Himmel, kurz darauf knallt es fürchterlich. Er ist froh, dass sie es noch vor dem Regen geschafft haben, die kleine Wohnung im

Dünenweg zu erreichen. Schlagartig ist es dunkel geworden.

Benni erscheint mit einem Tablett in den Händen, auf dem ein großer Teller mit Teelichtern und zwei Bechern Cappuccino stehen. Sie stellt es auf die Fensterbank.

„Ich habe alles niet- und nagelfest gemacht, was über den Balkon zu fliegen droht. Und ich lösche bei Gewitter immer das elektrische Licht, schalte die Computerstromleiste aus und zünde Kerzen an. Zum Glück hat nicht bereits ein Blitz irgendwo eingeschlagen. Ärgerlich, wenn der Strom weg wäre, wegen des Kaffees meine ich."

„Ach, dann tut es auch ein Bier und ein Kurzer!", grinst Lukas.

Sie lächelt zurück, so dass sein Herz zu schmelzen beginnt und streicht sich eine Haarsträhne aus dem Gesicht. Schnell rückt er den zweiten Sessel für Benni ans Fenster, dicht neben seinen. Sie nippen am Cappuccino.

Schweigend schauen sie dem *Ungehalt* der Natur zu. Unterhalten kann man sich kaum, denn der Lärm übertönt fast jedes andere Geräusch. Doch dies stört die beiden Betrachter nicht.

Wann sonst erhält der Geist die Gelegenheit, einfach abschweifen zu können?

Wann sonst darf man gemeinsam eine Ruhe in der Nichtruhe genießen?

‚Man kann eben auch aus den Schattenseiten des Lebens etwas gewinnen', fällt Lukas ein und wirft Benni einen vorsichtigen Blick zu.

Sie sitzt, total gefangen vom Naturschauspiel, entspannt in ihrem Sessel.

‚Welch ein Anblick, welch ein Kontrast zur tosenden Außenwelt', denkt er fasziniert.

Die Vorführung der Natur ist kurz.

Der erste Sonnenstrahl stiehlt sich plötzlich wieder aus den Wolkenbergen und zaubert einen Regenbogen ans Firmament.

Lange noch stehen Benni und Lukas wie selbstverständlich Arm in Arm auf dem kleinen Balkon in der erfrischten Luft und lauschen dem Herbstbäumerauschen im Dunst des sich neigenden Abendhimmels.

*

Sanfte Wellenmacht

Worte schweben, säuseln, rinnen
in des Ohres feinem Gang.
Sätze formen sich, die Botschaft
bildet sich wie zart Gesang.

S.W.

Die Stärkeren siegen

„Wer sagt mir im Lichte des Morgengrauen,
was Grauen bedeutet in Stein gehauen,
wie flüssiger Geist sich auf Wellen bewegt,
wie klarer Gedanke im Wind sich verweht? "

Entzückt beobachtete er seine Neuer-werbungen. Welch schöne Geschöpfe! Bizarr, aber doch gefährlich! Die kleinen Zähnchen, ihre sehnsüchtigen Blicke noch oben, mit flinken Bewegungen huschten sie unter der Wasseroberfläche entlang.

Manchmal standen sie still, dann wieder jagten sie wie Blitze voran. Faszinierend, wie sie in Sekundenschnelle den riesigen Rinderknochen abgenagt hatten, den er ihnen zugeworfen hatte. Blank sank er auf den Grund des riesigen Wasser-beckens. Und dies, obwohl sie sich zuvor bereits sämtlicher Bewohnern im Wasser bemächtigt hatten, diese kleinen Viel-fraße. Sogar der alte Hecht war ihr Opfer geworden.

Nun ja, die Stärkeren siegen eben! Sie waren vier. Dracula, Frankenstein, Mr. Jekyll und Mr. Hyde hatte er sie ge-tauft. Er fand, die Namen standen ihnen gut und außerdem lag ihm daran, sie un-terscheiden zu können. Sie ähnelten sich sehr. Aber es gab Unterschiede, winzige nur, doch sie waren da. Mr. Jekyll war heller als Mr. Hyde und Dracula besaß einen kleinen roten Fleck am Bauch. Er kicherte leise in sich hinein. ‚Wie passend!' Er würde ihn stets mit Blut in Verbindung bringen. Ja, und Frankenstein war unverwechselbar größer als die anderen. Im Moment versteckten sich die Jungs allerdings zwischen Algenpflanzen und künstlichen Steingebilden. Aber er wusste, sie lauerten nur auf Beute. Sachte berührte er die Oberfläche des Wassers. Ringe breiteten sich rund um seinen Finger aus und quollen auseinander.

Sofort schossen seine Freunde aus ihren Verstecken heraus in Richtung der Bewegungen. Flupp, schon sprangen sie schnappend über die Wasseroberfläche. Hurtig zog er seine Hände an den Körper heran und grinste. Ganz schön flink, die Burschen! Er wollte sie nicht verstimmen, griff in einen Beutel mit Fleischstücken, der neben ihm auf dem Bassinrand lag, und ließ einige Brocken des rohen Gulaschs ins Wasser plumpsen. Unter ihm wirbelte es auf. Schwach erkannte er das Paar Jykell und Hyde, die sich die ersten Brocken schnappten.

Dann sauste Dracula heran und zum Schluss der etwas langsamere Frankenstein. ‚Ja, sie haben schon ihre Rangordnung, die kleinen Racker‘, lächelte er in sich hinein. Beseelt goss er sich ein drittes Glas Bourbon Whisky ein.

„Prost Freunde! Nachtisch gefällig?"
Grinsend kippte er die Hälfte des Inhaltes aus dem Glas ins Wasser und trank den Rest in einem Zug leer. Schattenhaft glitten ihre Körper durch das Becken.

Seine Frau Lydia war nicht sehr begeistert gewesen, als er seine neuen Freunde mitgebracht hatte.

„Piranhas? Bis du verrückt geworden?", hatte sie gekeift. „Welcher Idiot schafft sich denn Piranhas an?" Das mit dem Idioten hatte er ihr sehr übel genommen. Ihre Ehe war sowieso nur ein Trugbild. Aber jetzt war er böse, sehr böse.

Er erhob sich, ein viertes Glas Bourbon in der Hand haltend, und schritt die fünf Meter des ehemaligen Pools entlang.

Auch dagegen hatte sie etwas gehabt, dass er den Swimmingpool für seine Fischleidenschaft nutzte. Dabei war sie früher ohnehin kaum hineingegangen, um zu schwimmen. Das Chlor schadet ihrer Haut, hatte sie gesagt. Also wozu besaßen sie denn das Becken?

Er hatte extra ein Fangnetz um die Wasserfläche gespannt, welches etwa einen

Meter hoch war, damit seine Freunde nicht aus dem Pool heraussprangen. Und trotzdem war Lydia immer noch nicht zufrieden. Aber er hatte schon einen Plan. Der Plan war vorhin in seinem Kopf entstanden, als sie die Tür des Poolraumes scheppernd zuwarf. Und bei diesem Plan würden ihm seine Freunde helfen. Er musste Lydia nur an den Beckenrand locken.

Sorgsam löste er einen Teil der Befestigung des Netzes, welches der Tür zum Schwimmbad am nächsten war. Man sah es kaum, dass die Schnüre nur lose in dem Stahlring an der Wand hingen. Ein kleiner Schubs würde genügen und er wäre sein Problem mit einem Mal los.

In diesem Moment verhedderte sich sein Fuß im Wasserschlauch, den er zum Nachfüllen des Pools benutzte. Er rutschte weg und knallte unsanft auf die harten Fliesen des Beckenrandes. Benebelt wollte er sich aufrichten, doch der Alkohol zeigte seine Wirkung. Er taumelte nach vorn, fiel sehr unelegant ins Wasser und riss das Schutznetz mit in die Tiefe.

‚Es ist ja nicht tief, nur zwei Meter', fiel ihm unvermittelt ein. ‚Zwei Schwimmzüge und ich bin wieder über Wasser.'

Doch noch bevor die entstandenen Wellen über seinem Kopf zusammenschlugen, waren Mr. Jekyll und Mr. Hyde zur Stelle, rissen ihre Kiefer auseinander und gruben die Zähne in seinen nackten Arm. Der Schmerz traf ihn abgrundtief. Als er aufschrie, drang lauwarme Brühe in Mund und Rachen. Er hustete, schlug um sich, versuchte aufzutauchen, doch da huschten bereits zwei weitere Schatten heran.

Er blickte in kalte Fischaugen und auf einen winzigen roten Fleck. Dracula erwischte seine Schulter. Ein grässlicher Schmerz durchfuhr ihn. Hilflos zappelnd versuchte er wiederum, den Rand des Beckens zu erreichen, griff daneben, verheddterte sich umso mehr in das Fangnetz und starrte erstaunt auf den bluten-den Armstumpf, an dem der dicke Frankenstein hing.

„Halt, wartet! Ich bin doch euer Freund!", blubberte er. Doch die entstandenen Luftblasen vermischten sich mit dem brodelnden Schaum des Wassers.

‚Die Stärkeren siegen eben!' dachte er noch wehmütig, als Mr. Jekyll und Mr. Hyde sich in seine Wangen verbissen und ihn langsam eine kühle Schwärze einhüllte.

Aus dem Leben gegriffen?

„Tummle dich, lass Energie in deinen Leib oder du wirst es bereuen!", kicherte der Gewissensspuk.

Karl-Heinz war, ja, wie soll man es ausdrücken, etwas beleibt. Mit anderen Worten, er trug seine Taille nach außen zur Schau. Um genauer zu sein, müsste man schon sagen: er trug einen ganz schönen „Bierfriedhof" mit sich herum.

Einerseits war das gut so. Man wusste ja nie, was für Zeiten noch kamen. Andererseits war es schwierig, denn mittlerweile war das Bücken äußerst mühsam und an die Schuhbänder kam er gar nicht mehr heran. Er war inzwischen dazu übergegangen, sich diese praktischen Dinger mit Klettverschluss zu kaufen. Ilse hatte skeptisch geguckt und gemeint: „Die willst du doch wohl nicht im Theater anziehen, oder?"

Dann hatte sie ihn angesehen in der Art von: „Wehe, wenn doch!"

Das hatte ihm dann doch etwas die Freude an der Neuerwerbung genommen. Und er hatte gedacht, dass Theater sowieso nicht sein Ding war. Er ging nur mit, weil seine Frau Begleitung brauchte.

Na ja, wenn es weiter nichts ist, dachte er im Stillen, man sah es ihm eben an, wie gut es ihm ging. Ihm und seiner Angetrauten. Fast jeden Tag Fleisch, dazu ein schönes kühles Bierchen. Das musste einfach sein.

Außerdem, in anderen Ländern war solch ein Bauch das Zeichen von Wohlstand. Wieso hieß es in Deutschland, *du musst abnehmen*. Sämtliche Zeitschriften waren voll mit gesunden Rezepten, Diätvorschlägen und Gymnastikabbildungen.

„Rettungsringe", sagte Ilse immer. Im Ernst, Ilse war schließlich auch keine Aphrodite mehr. Aber er akzeptierte sie so, wie sie eben war, oder wie sie sich nach sechsunddreißig Ehejahren entwickelt hatte. Er kam ganz gut mir ihr klar, auch jetzt noch.

Nur ritt sie ewig auf seinem „Übergewicht" herum, kniff ihm in den Bauch und verpasste ihm dauernd irgendwelche Diätessen. Wenn er sich da nicht mehrmals in der Woche mit Klaus-Dieter auf ein Bier treffen würde, wäre er bestimmt schon mit einem Schwächeanfall im Krankenhaus gelandet. Bei ihren Treffen durfte nämlich ein deftiges Bauernfrühstück oder eine saftige Kalbshaxe nicht fehlen. So ließ sich das Leben genießen.

Und Ilse brauchte ja nichts davon zu erfahren.

Eines Tages allerdings: Kalle saß gerade auf dem Sofa, in einer Hand die Zigarette, in der anderen die Tageszeitung, im Hintergrund flimmerte der Fernseher. Da stand plötzlich seine zweite Ehehälfte in der Wohnzimmertür, die Hände resolut in die Hüften gestemmt und grinste ihn an. Irgendwie sah sie heute anders aus als sonst, aber seine Aufmerksamkeit wanderte schnell wieder zum Tagesblatt.
Nur nicht drum kümmern, sonst hieß es noch: „Kalle bring den Müll runter!", oder so was.
„So!", rief sie. „Wir beide tun jetzt etwas für unsere Figur!"
Ihm fiel fast die Zigarette zu Boden.
„Was sagst du?"
„Wir machen Sport!", ergänzte sie fröhlich. „Ich habe deinen Jogginganzug gewaschen und nun können wir loslegen. Einmal um den See!"
Da war er also gewesen, in der Wäsche. Er hatte das bequeme Kleidungsstück schon seit Tagen vermisst. Jetzt bemerkte er auch das veränderte Outfit seiner Gattin. Knallroter Laufanzug, weiße Joggingschuhe mit, oh welch ein Wunder,

grünen *Klettverschlüssen*. Die Drohung persönlich. „Nix für mich", brummte er schnell, rutschte tiefer ins Polster und schob die Zeitung vor sein Gesicht.

„Kalle! Zieh dich um und komm *sofort* mit!" Diesen Ton kannte er. Er duldete keine Widerrede, sonst war seine Woche für den Rest der Zeit versaut. Er seufzte unglücklich und versuchte Zeit zu schinden. Vielleicht wurde es inzwischen dunkler.

Ilse ging im Finstern nämlich ungern auf die Straße. Sie war ziemlich nachtblind. Wie spät war es eigentlich? Er linste unauffällig auf die Uhr an seinem Handgelenk. Schon halb sechs. Anfang November ging die Sonne schon ziemlich früh unter, außerdem war es bewölkt.

‚Bald beginnen die Nachrichten', dachte er. „Was willst du denn für´n Sport treiben?"

„Wir laufen!", hörte er sein gutes Stück sagen.

„Laufen? Es wird doch gleich dunkel."

„Ja, Laufen! Nun kommt schon, rein in die Klamotten und ab! Dann schaffen wir das noch." Sie begann ein wenig auf der Stelle zu trippeln.

Das sah schon ziemlich albern aus, fand Kalle. Der Busen wogte hoch und runter, die Wangen verfärbten sich etwas rosa. Er verkniff sich ein Grinsen. Laufen? Das würde sie nicht lange aushalten.

Mühsam hievte er sich von der Chaiselongue. Na gut, sie sollte ihren Lauf haben. Mal sehen, wer länger durchhielt. Nach zehn Minuten würde sie schlapp machen und um den Heimweg betteln.

Dann ging es los: Er im dreifarbigen Sportdress, der intensiv nach Weichspüler roch, in rosa, hellblau und oliv, sie im Über-Rot, so machten sie sich auf den Weg in die Grünanlage, deren Mittelpunkt ein kleiner See bildete. Schon gleich zu Anfang, als er zu tänzeln begann, sie sich aber noch auf dem Fußweg zwischen den Nachbarhäuser befanden, hielt Ilse ihn am Arm fest.

„Hier doch noch nicht", raunte sie ihm zu und grüßte verkniffen Frau Meyer aus dem Parterre, die soeben neugierig hinter den Gardinen aufgetaucht war.

„Wie sieht das denn aus?"

„Das sieht aus, als wollten wir joggen", erwiderte Kalle.

„Das tun wir, aber erst hinter den Büschen dahinten. Ich will nicht, dass die Nachbarn sich die Mäuler über uns zerreißen."

Kalle verkniff sich die Bemerkung, dass dies sowieso der Fall sein würde, so wie sie aussahen. Hinter dem ersten Grünzeug am Weg begannen sie mit dem Versuch rhythmisch zu laufen. Es war inzwischen etwas schummrig, jedoch nicht so, dass sie nicht die Person auf dem Weg erkannten, welche sich mit dem kleinen Yorkshireterrier näherte.

„Frau Krüger", flüsterte Ilse und verfiel sofort wieder in eine normale Gangart. Kalle sah ihr an, dass sie am liebsten vor Scham in einen der Seitenwege verschwunden wäre.

Aber Frau Krüger hatte sie bereits erreicht. Der Hund kläffte sie an.

„Tag auch, Frau Krüger!", grüßte Kalle lässig.

Frau Krüger gehörte, na, wie soll man sagen, zu einer Gattung der menschlichen Rasse, welche sich feiner fühlte als der Normalbürger. Als Witwe eines hohen Beamten strömte sie einen Hauch von ungebremster Autorität aus. So auch jetzt. Sie sah Ilse und Kalle von oben bis unten an, ihr Mund verzog sich zu einem noch schmaleren Strich, als er ohnehin schon war und sie rümpfte merklich die Nase.

„Guten Abend", erwiderte sie mit hoher Stimme, zog an der Leine des Tieres und entschwand schnellen Schrittes in Richtung Mietshäuser.

„Puh, ausgerechnet die mussten wir treffen", stöhnte Ilse. „Das wird morgen das Tagesgespräch im Waschhaus sein."

Kalle freute sich diebisch, natürlich nicht laut, das konnte er nicht tun. Aber innen drin, na ja, seiner Liebsten schien schon die Lust an ihrer sportlichen Aktivität vergangen zu sein. Sie fielen wieder in Trapp. Um sie herum segelte das letzte Laub von den Bäumen und die Luft fühlte sich frostig an. Was sollte man verlangen? Schließlich hatten sie November.

Karl-Heinz kam trotzdem ziemlich ins Schwitzen. Nach etwa zwanzig Metern blieb aber Ilse stehen. „Ich brauch ´ne Pause", schnaufte sie. „Bin das gar nicht mehr gewohnt."

Insgeheim war Kalle froh, dass sie pausieren konnte. Er setzte sich auf einen abgesägten Baumstamm. Allerdings dauerte es nicht einmal ein Minute, da sprang er hoch, fasste sich ans Hinterteil und fluchte. „Verdammt, hier hat irgendwas hin ... !"

„Vogelschiete", erkannte Ilse richtig, nachdem sie die Rückseite ihres Mannes begutachtet hatte. „Mensch Kalle, hättest du nicht vorher gucken können?"

„Igitt, ist das nass, bis auf die Haut."

Ilse versuchte, mit ein paar Papiertaschentüchern das Gröbste von der Hose zu entfernen. Mit nur geringem Erfolg, denn die schmierige Masse verteilte sich nun auf einer ganzen Pobacke und an ihren Händen. „Ich hab die Nase voll", verkündete Kalle energisch. „Ich geh jetzt nach Hause. Lauf, wenn du willst. Ich muss aus den Klamotten raus!"

„Alleine?" Ilses Stimme klang schrill. Sie spreizte ihre schmutzigen Finger. „Nie im Leben laufe ich alleine weiter! Ach Mensch, ich hatte mich so darauf gefreut."

„Tut mir ja leid", meinte Kalle halbherzig. „Aber so kann ich nicht weiterlaufen. Stell dir vor, uns sieht jemand in diesem Zustand." Ilse presste die Lippen aufeinander. „Na gut, Kalle, aber morgen, morgen laufen wir ganz bestimmt. Und dann aber richtig."

‚Na klar!', dachte Kalle. ‚Wir werden´s ja sehen. Und wenn ich mich umgezogen habe, husche ich noch schnell auf ein kühles Bierchen zu Klaus-Dieter in den *Krug* und esse ein deftiges Schinkenbrot dazu.'

Föhrer sind wortkarg

„Du leuchtest wie ein Feuerkristall!", raunte er ihr
ins Ohr. „Ich werde verbrennen."
Dann berührten sich ihre Lippen und sie schmeckte
die salzige Frische des Meergottes.

Frost kroch über die Deichkrone und die Brandung küsste forsch das Ufer. Dunkle Schneewolken verschleierten die Sonne. Sie ließen die Reetdachhäuser wie geheimnisvolle Hügel erscheinen, mit glänzendem Schmuck, denn hinter den Fensterscheiben der niedrigen Katen und Kapitänshäuser funkelten unzählige Lichter. Dies jedenfalls kam Sarah in den Sinn, als sie mit der *MS Nordfriesland* in Wyk auf Föhr anlegte.

Die Euphorie schwand, während sie ihren Trolley vom Fähranleger Richtung Bushaltestelle schleppte.

‚Was hast du dir nur dabei gedacht, in dieser Jahreszeit auf eine Insel zu fahren? Kannst du nicht vorher überlegen, wie beschwerlich es werden könnte? Der Weg ist glatt, der Koffer ist zu schwer, du hast die falschen Schuhe an und dieses grässliche Tuch rutscht auf dem Haar wie Schmierseife.'

Eigentlich hätte es den Wind abhalten sollen, aber inzwischen weigerte es sich standhaft, dies zu tun. Es hing schief fast auf ihrer Schulter. Verzweifelt versuchte sie, es wieder an die vorgesehene Stelle zu zerren.

„Mist!", fluchte sie, als der Wind ihr die *Achtzig-Euro-Frisur* endgültig zerzauste und das Tuch flatternd mit sich nahm.

Eine Frau mit kurzem Haar überholte sie und rief ihr lachend zu: „Tja, vergebliche Mühe, meine Liebe. Auf Föhr gibt es keine Frisur. Hier gibt es nur *Haare*!"

„Sehr witzig!", rief Sarah ihr nach und blieb für ein paar Sekunden schnaufend stehen. Doch der kalte Wind kroch unbarmherzig durch den Stoff ihrer Hose und die Halbschuhe hielten ihn auch nicht fern. Und ..., ach du Schreck, dort stand bereits der Bus!

So zog sie mühsam an ihrem Koffer, schlitterte über Kopfsteinpflaster, versuchte an Tempo zuzulegen und ....

... landete schmerzhaft auf ihrem Hinterteil, welches sofort unangenehm feucht wurde. Das Köfferchen aber rutschte mit einem kräftigen Schwung auf die Straße. Autobremsen quietschten, empörtes Hupen und es gab ein eigentümliches Geräusch, welches Bilder in Sarahs Kopf hervorriefen, die sie liebend gerne nicht gesehen hätte.

„Hoppla!", meinte eine dunkle Stimme neben ihr. „Nicht so temperamentvoll!"

Auf solche Sprüche konnte sie im Moment absolut nicht. Aber anstatt zu kontern, versuchte sie sich erst einmal mühsam aufzurappeln, glitt jedoch immer wieder weg. Zwei kräftige Männerhände packten sie unter den Achseln und zogen sie auf die Beine. „Na geht´s?"

Sie ging dem Hünen etwa bis zum Ellbogen und musste sich richtig stre-cken, um sein bärtiges Gesicht zu sehen, wo eine Wollmütze bis über die Stirn gezogen war. Typisch nordisch also, auch die hellblaue Augen. ‚Mein Gott, was für ein Kraftpaket!', dachte sie.

„Alles in Ordnung?", fragte er. Sie nickte nur und hoffte, dass er nicht ihre durchnässte Kehrseite sah. Dann fiel ihr Blick auf ihren Trolley oder auf das, was davon übrig war. „Oh nein!", hauchte sie erschrocken.

Er war im wahrsten Sinne des Wortes „platt". Zu allem Überfluss quollen ihre Kleidungsstücke wie ein buntes Farbmuster aus dem, was nicht einmal mehr die geringste Ähnlichkeit mit einem Koffer hatte. Das Auto war natürlich inzwischen weitergefahren.

Die Tränen über ihr Unglück kamen so plötzlich wie der Sturz auf das Pflaster. Doch als der Mann neben ihr auf die Straße ging und das bunte Sammelsurium zusammenklaubte, einschließlich ihrer Unterwäsche und ihres rotweiß geblümten Nachthemdes, lief sie puterrot an. Gekonnt rollte er alles zu einem Bündel. Er klemmte sich den desolaten Rollkoffer unter den Arm und meinte: „Komm, ich bringe dich nach Hause, Mädel. Mein Auto steht dort hinten! Wo wohnst du denn?"

*

Irgendwie lag sie auf dem Bauch, die Arme nach vorne ausgestreckt, und versuchte vergeblich den kleinen schwarzen Kasten mit den roten Glühpunkten zu erwischen. Um sie herum standen Männer und spornten sie an. Große Männer, mit blonden Bärten und blauen Augen.
„Hiev on! Hiev on!", riefen sie im Takt. Ja, jetzt hatte sie ihn! Die Arme schmerzten, doch sie klammerte sich weiterhin an das ominöse Kästchen mit den Leuchtpunkten. Dann wachte sie auf ...!
Sie lag mit den Armen weit auf dem Nachttischchen und hielt den quadratischen Wecker in beiden Händen.
Rote Ziffern glotzten sie an.

Es dauerte eine Weile bis ihr dämmerte, wo sie sich befand. Die Erinnerungen kamen wie scharfe Messer und stachen schmerzhaft in ihr Ego.

Jannik, ihr Retter, hatte sie kurzerhand samt ihrer Habseligkeiten in seinen Transporter geschoben, auf dem ein Berg von Tannenbäumen lag. Benommen hatte sie neben ihm im Führerhaus gesessen, peinlich berührt wegen ihrer feuchten Rückseite, wegen all dem ... ach, einfach eben wegen allem.

In ihrer Pension „Ruh Ut" angekommen warf ihr die Wirtin einen so komischen Blick zu, als ihr Begleiter sie mit dem Kleiderbündel ins Foyer brachte, dass Sarah schnellstens auf ihr Zimmer geflüchtet war. Hatte sie sich überhaupt bei ihm bedankt?

„Egal, heute ist Heiligabend und ich will die Zeit auf der Insel genießen", munterte sie sich auf. „Einen neuen Koffer kaufe ich nach den Feiertagen."

Im Frühstücksraum roch es nach Kaffee, Brötchen und Tanne. Als Sarah ihn betrat, fiel ihr Blick auf den prachtvollen Weihnachtsbaum, unter dessen Zweigen sich jemand am Tannenbaumständer zu schaffen machte.

Sie erkannte ihn sofort. *Ihr Retter,* von gestern. Unsichtbar machen ging nicht, er hatte sie bereits entdeckt.

„Oh moin!", begrüßte er sie fröhlich.

Sie hatte einmal gehört, dass das Wort ‚Moin' sozusagen für alles stehen konnte. Für „wie geht's?" oder „alles klar?" oder „oh, du schon wieder!".

Wortkarge Föhrer hieß es. Nun gut, sie murmelte ein „Hallo!" und huschte an den Frühstückstisch, der wirklich hübsch weihnachtlich gedeckt war.

Dann stand er plötzlich neben ihr und räusperte sich. „Ähm, ... hättest du vielleicht Lust, heute Abend mit mir essen zu gehen? Es gibt hier ein schönes Fischrestaurant mit einem Weihnachtsmenü."

Donnerwetter, so zurückhaltend waren die Insulaner offensichtlich doch nicht.

‚Aber warum eigentlich nicht?', überlegte sie. ‚Ich kenne hier niemanden und habe noch nichts geplant. Wer weiß, vielleicht wird der Urlaub doch noch nett.'

Als sie zusagte, huschte ein schiefes Grinsen über das bärtige Gesicht. Mit Genugtuung bemerkte Sarah, dass diesem standhaften Kerl das Blut in die Wangen schoss.

„Hier, 19 Uhr?", fragte er kurz. Sie nickte nur. Wortkarg konnte auch sie sein.

Auf der Schiefertafel im Fischrestaurant stand heute nur das Weihnachtsmenü!

‚Championcremesuppe, Seeteufel mit Salzkartoffeln und Salat, als Dessert Rote Grütze mit Vanillesoße'

„Seeteufel?", entfuhr es Sarah, als sie bereits saßen. „Das ist doch dieser schrecklich hässliche Fisch mit dem breiten Maul und den Glupschaugen!"

„Es ist eine Delikatesse", erklärte Jannik.

„Nein", erwiderte sie flüsternd, „*das* kann ich nicht essen. Allein beim Gedanken daran, wie der aussieht, wird mir schlecht. Lass uns woanders hingehen!"

Gerade da kam auch schon die Serviererin an den Tisch. „Kann ich Ihnen etwas zu Trinken bringen?"

Sarah war bereits aufgesprungen.

Jannik erhob sich ebenfalls und antwortete laut und trocken:

„Nein, vielen Dank, wir gehen wieder. Das Essen ist ihr zu hässlich!"

Sarah stürmte aus dem Lokal. Sie spürte die Blicke aller Gäste auf ihrem Rücken brennen, merkte daher nicht, wie ihr Begleiter der Kellnerin grinsend zuzwinkerte.

Zum Glück schneite es nicht mehr. Wütend stapfte sie über die Promenade. Die gedämpften Straßenlaternen warfen ihr weiches Licht auf das schneebedeckte Pflaster. Doch Sarah war so aufgewühlt, dass sie die Schönheit des Lichtspiels und auch das sanfte Rauschen der an den Strand schlagenden Nordseewellen nicht wahrnahm.

Wie konnte er sie nur so bloßstellen? Was für ein Blödmann! Sie hätte ihm den Hals umdrehen können!

‚Platsch!' machte es. Sie war mit einem Fuß in ein mit Wasser gefülltes Loch getreten. Sofort füllte sich ihr Schuh mit brauner Soße. Verdammt! Jetzt musste sie auch noch in der Kälte und mit Schlamm im Schuh zu Fuß zur Pension zurücklaufen. Und Hunger hatte sie auch.

Sie hielt sich an einem Fahnenmast fest, um den Schuh auszuleeren, während ihr die Tränen über die Wangen liefen. Über ihr klapperte die Fahnenbefestigung ein hohles Lied in die Abenddämmerung. In der Ferne stiegen Nebelschleier auf und ließen die Hallighügel wie einsame Nester über dem Wasser schweben.

Plötzlich legte sich eine Hand auf ihre Schulter. Erschrocken fuhr sie herum.

Jannik stand mit ernster Miene vor ihr, sah ihre Tränen und zog sie an sich.

„Ich wollte dich nicht kränken", murmelte er in ihr Haar.

„Entschuldigung!" Seine dunkle Stimme verursachte ein Kribbeln in ihrem Körper.

Fast so, als hätte er sich ertappt, schob er sie schnell wieder ein Stückchen von sich, hielt sie aber weiterhin fest, denn ... sie stand immer noch auf einem Bein, ... den Schuh in der Hand.

Etwas verlegen begann er: „Ich ... hätte noch ein schönes Stück Räucherlachs und Krabben bei mir zu Hause. Wir könnten Rührei braten und Schwarzbrot dazu essen. Ein heißer Grog tut sicher auch gut, oder?" Er blickte auf ihren feuchten Fuß. „Und ein paar warme Socken werden sich auch finden lassen, denke ich. Was meinst du?"

Ihr Magen äußerte lautstark Zustimmung. Alle Anspannung wollte von ihr weichen bei dem Gedanken an Wärme und Essen. Blödmann hin oder her, irgendwie war er süß in seiner Anstrengung, sie aufmuntern zu wollen.

„Ich wollte schon immer Lachs in warmen Socken essen", flötete sie übertrieben.

Jannik nahm sie mit einem Schwung auf seine starken Arme, was sie kichernd zuließ, und trug sie zu seinem Auto.

Sie war *so* nahe an seinem Hals, aber ihn jetzt umdrehen?

Ach nö, ... doch nicht am Heiligen Abend!

Wortschwall

Ergießet ein Schwall freier Worte den Raum
beginnt Fantasie in das Innere zu schaun.
Mit schwimmenden Blumen erwacht neue Sphäre
im schimmernden Licht auf wogendem Meere.

Wie Teichrosen öffnen sich Geistesdrusen.
Die Kelche gefüllt mit diamantenen Musen.
Vom Grunde des Sees schießt ein blitzender Strahl
Gedankenwellen bis hinaus in das All.

Kometengleich fall´n zurück sie zur Erde,
entfesselt dort wie ein Schwarm Jungseepferde.
Ström´ aus durch des Wassers klarer Bewegung,
benebeln die Sinne, empfangen Erhebung.

Schon fast betäubt nimmt der Schöpfer die Worte
in Herz und Mund auf an jedem der Orte.
Erquickt sich am Flusse der Reime und lacht
darüber, was Dichtung mit Menschen so macht.

S.W.

Floßfahrt mit Hindernissen

„Deine Nerven scheinen so dünn wie altes Perga-
ment. Jeder Vogelschrei lässt dich zusammenfahren,
jeder etwas stärkere Windhauch, der über die Blät-
ter streicht, ist für dich ein Warnsignal.
Uns ist niemand gefolgt!"

Annemarie traute ihren Augen kaum, als sie das Geschenk auspackte.

„Meine Güte! Welch eine Idee, Judith! Eine Floßfahrt auf der Havel? Einfach toll!" Ihre Freundin schmunzelte zufrieden. Die Überraschung war gelungen.

Ende Mai würden die beiden engen Freundinnen drei Tage lang mit einem Floß auf der Havel schippern, würden relaxen und sich ganz der Natur hingeben.

Vier Wochen später war es soweit.
Das Auto, vollbepackt mit Schlafsäcken, Fresskorb, Büchern und Ersatzklamotten, hielt am Anleger der Floßvermietung.

Die Frauen stiegen aus und stutzten. Vor ihnen lag ein etwa fünfzehn Quadratmeter großes Holzfloß mit einem kleinen Außenbordmotor. Obendrauf befand sich lediglich so etwas wie ein ‚Carport' mit halbhohen Wänden.

„Oh ...", stieß Judith aus, „das habe ich mir aber größer vorgestellt. Irgendwie sah es im Internet, sagen wir mal so, voluminöser und komfortabler aus. Und da war doch auch eine Art Kajüte zum Schlafen."

„Hm", machte Annemarie, „nützt ja nix. Es ist bezahlt, also ran und ausprobieren." Ihr unzerstörbarer Optimismus steckte an. Judith hievte ihre Reisetasche und die Kühltasche aus dem Wagen. Annemarie tat es ihr gleich.

„Na dann ... los geht's!", lachte sie fröhlich. „Auf ins Abenteuer."

In diesem Moment kam auch schon ein hochaufgeschossener Mann, vielleicht war er so Mitte zwanzig, aus dem Vermietungsbüro und begrüßte sie freundlich.

„Morgen, die Damen und willkommen. So, dies ist ihr Domizil für die nächsten drei Tage." Er zeigte auf ein Floß mit dem Namen *Huck Finn*. „Der junge Mann wird Sie sicher über ihre Tour bringen."

„Welcher junge Mann?", flüsterte Anne ihrer Freundin zu und strich sich mit einer Hand durch ihre dunklen kurzen Locken. „Ich sehe keinen Zweiten."

Judith platzte lachend los.

„Er meint doch das Floß! Welch ein passender Name. Er erinnert an den Roman *Tom Sawyer und Huckleberry Finn*. Ich habe den damals in jungen Jahren ver-

schlungen. Und als der Film in den Sieb-
zigern ausgestrahlt wurde, war ich ganz
verliebt in den Hauptdarsteller. Obwohl
mich der Name wundert. Normalerweise
nimmt man doch Frauennamen bei Schif-
fen."

„Na ja, so richtig ist es ja kein Schiff",
erwiderte die andere mit einem Blick auf
die Planken und das nur an Pfosten locker
befestigte Seil ringsherum.

Sie brachten das Gepäck unter das Dach
des Floßes und erfuhren, dass sich auf-
rollbare Planen mit Plastikfenstern wie in
Zelten an dem Holzgerüst befanden. Zur
Nacht konnten sie heruntergerollt und am
Bodenholz befestigt werden.

„Puh, zum Glück müssen wir nicht draußen schlafen", flüsterte Annemarie erleichtert. Sie hatte sich schon vorgestellt, wie sie in der Nacht vor lauter Mü-
ckenschwärmen nicht hätte schlafen können und des Morgens dann zerstochen
gewesen wäre.

Der Skipper zeigte ihnen, wie der 5 PS-
Außenbordmotor zu bedienen war. Dies
war verhältnismäßig einfach, fanden die
Beiden. Ihnen wurde die Sicherheitsaus-
stattung erklärt, der Gebrauch der Gasla-
ternen und des kleinen Gaskochers.

Sogar ein winziges Eimerklo gab es. Der Mann zeigte allerdings auf einen Klappspaten in einer Kiste.

„Für größere Angelegenheiten sollten Sie an Land in den Wald gehen oder zu einem Campingplatz mit Sportboothafen fahren." Er tippte auf die Karte. „Die sind eingezeichnet."

Er gab ihnen so etwas wie eine Seekarte, auf der auch ihre Route eingetragen war.

„In den Schleusen achten Sie bitte darauf, dass Sie das Tau nicht festbinden und ihm Spiel lassen. Immer gut festhalten, aber leicht durch die Hände gleiten lassen. Falls was ist, Sie erreichen mich übers Handy. Sie haben doch sicherlich auch eins mit?", fragte er.

Die Frauen nickten eifrig. Judith hatte ihres extra noch mal aufgeladen. Das würde reichen.

„Na dann, viel Spaß! Montag früh sehen wir uns wieder." Mit einem Sprung verließ er das Floß, warf ihnen das Halteseil zu und stieß sie vom Steg ab. Den Motor hatte er laufen lassen, so dass sich die Zwei sofort um das ,Lenkrad', oder wie immer so ein Ding hieß, kümmern mussten. Ein wenig verkrampft hielten sie es fest und gaben ein kleines bisschen Gas.

Ihr Gefährt tuckerte in unendlicher Langsamkeit am Rande des Sees entlang.

„Schleusen", brach Judith schließlich ihr Schweigen. „Das müssen wir erst mal packen."

„Na ja, wenn man es nicht versucht, weiß man nie, ob man es kann", lachte Annemarie. Sie hatte die Fassung wieder gewonnen und verstaute ihre Taschen in den seitlichen Kisten, damit sie nicht nass wurden.

Nach einer Weile Fahrt entlang des grünen Ufers entspannte sich auch Judith. Der Anblick der Natur vom Wasser aus war wunderschön. Sie saß im Bikini auf dem Holzdach und sonnte sich ein wenig. Anne stand am ‚Steuer', wie das runde Ding hieß. Dies war ihnen dann doch noch eingefallen. Einige Blesshühner kreuzten ihren Weg, aus einem schmalen Seitenarm kam ein Schwanenpaar auf sie zu geschwommen und über ihnen setzte doch tatsächlich plötzlich ein Schwarm Wildenten zur Landung an, so dass Judith sich überrascht duckte.

Nach einer Stunde beschlossen sie anzuhalten, um die Wassertemperatur zu testen und nach dem Schwimmen zu picknicken. Das Floß befestigten sie an einem starken Ast einer über das Wasser hängenden Trauerweide.

Die Frauen sprangen übermütig in den See. Es war angenehm erfrischend.

„He!", rief Judith ihrer Freundin zu. „Wer als Letzte an der grünen Boje dahinten ist, dessen Weinflasche wird heute Abend aufgemacht!" Sie warf sich herum, kraulte zum Seezeichen und war natürlich zuerst dort. Annemarie folgte wenig später und spritzte ihr eine Ladung Wasser ins Gesicht.

„Das war fies ...", sie grinste allerdings. „Du konntest doch viel schneller reagieren, weil es deine Idee war."

„Tja, so spielt das Leben", lautete die Antwort. „Ich hoffe, du hast einen Korkenzieher mitgenommen."

„Ich? Ich dachte, du packst einen ein."

„Oh, kleines Missverständnis", kam es kleinlaut zurück. Judith blickte zum Floß herüber, das sanft auf den Wellen schaukelte. „Dann müssen wir uns etwas einfallen lassen. Komm."

Der Sonnenuntergang am späten Abend war berauschend.

„Oh, ist das schön!", schwärmte Judith. Sie lag auf dem Rücken auf dem Dach des ‚Carports' und schaute zum rötlichen Himmel auf.

Um sie herum plätscherte es leise. „Das könnte ich mir stundenlang ansehen."

Sie waren den ganzen Tag weitergetuckert, hatten zwischendurch Badepausen eingelegt und sich an dem mitgebrachten Salat und den Brötchen gestärkt. Jetzt dümpelten sie, an einem Anlegeplatz vertäut, in der Abenddämmerung.

„Hoppla!", rief in diesem Moment ihre Freundin. Man hörte sie über die Holzplanken hüpften. „Sieh mal, was ich gefunden habe", sang sie und hielt einen uralten Korkenzieher in der Hand.

„Whow, wo war der denn?" Judith rutschte vom Dach und fahndete nach der Weinflasche.

„Hier, zwischen all den Küchenzeugs. Na, woll´n wir unseren ersten Abend begießen?" Anne hielt die Flasche bereits in der Hand, die sie allerdings hinter ihrem Rücken versteckt gehalten hatte.

Judith grinste sie an.

„Klar doch, hier sind zwei Plastikbecher. Der Urlaub ist gerettet." Sie schaute wiederum zu dem rosa, mit Schäfchenwolken bedeckten Himmel. „Ach, ist das schön hier. Einfach traumhaft!"

„Du wiederholst dich", kicherte Annemarie und goss den Wein ein.

Nach einem lauen, ja, fast schon schwülen Abend hatten die Frauen ihr Lager auf dem Boden des Floßes aufgeschlagen, auf Wolldecken und in Schlafsäcken.

Am Ufer zirpten Grillen, einige Frösche quakten in unmittelbarer Nähe. Überall raschelte es. Es wurde fast zwei Uhr in der Nacht, bevor sie zur Ruhe kamen; aufgekratzt durch die ungewohnte Situation schwatzten sie noch lange.

‚Ich hätte mir eine Isomatte mitnehmen sollen‘, dachte Judith, während sie sich eine bequemere Schlaflage suchte.

Sie hatte das Gefühl, gerade eingenickt zu sein, als sie durch ein unbestimmtes Geräusch erwachte und in die Nacht hinauslauschte. Das Floß schaukelte, aber da war noch etwas anderes. War Wind aufgekommen? Leise schälte sie sich aus dem Schlafsack und kroch auf allen Vieren zum Ausgang der Zeltplane, wo sie den Reißverschluss gerade soweit nach oben zog, dass sie durch einen Spalt hinauslinsen konnte. Eine heftige Windböe traf ihr Gesicht. Fröstelnd zuckte sie zurück. Es war nicht ganz dunkel, wahrscheinlich ging bald schon wieder die Sonne auf. Im Dämmerlicht meinte sie erkennen zu können, wie ganz langsam

die Schatten der Bäume an ihnen vor-
überzogen.

‚Ach du meine Güte', sie schluckte erschreckt, ‚das Floß muss sich losgerissen
haben!'

„Anne! Das Floß treibt ab!", kreischte sie,
während sie sich aufrappelte, die Zeltöff-
nung vergrößerte und hinauslief. Sie stolperte über die aufgestellten hölzernen
Liegestühle und stieß sich gewaltig das
Schienbein. „Aah, verdammt!"

Aus dem Innern kam ungnädiges Ge-
brummel. „Was ist los?"

„Das Floß hat sich losgerissen!", brüllte
Judith noch einmal.

Sekunden später stand ihre Freundin
neben ihr und half dabei, den Motor in
Gang zu kriegen. Endlich schafften sie es
und hielten das „Boot" gegen die Strö-
mung.

„Das gibt es doch nicht", schimpfte Anne,
während sie versuchte, das Steuer ruhig
zu halten. „Ich weiß genau, dass ich es
dreifach vertäut habe. Vorne und hinten."

Judith kam zu ihr und hielt ein Stück
Tauende in der Hand.

„Das hat irgendeiner durchgeschnitten!"
Sofort wanderten die Blicke Beider zum
schemenhaften Ufer hinüber.

„Gott, mir zieht sich der Magen zusammen", flüsterte Judith, obwohl sie niemanden entdecken konnten.

„So eine Gemeinheit!", ärgerte sich Anne. „Da sitzt jetzt bestimmt jemand hinter den Bäumen, beobachtet uns und feixt sich was."

Einige dicke Regentropfen trafen sie, über ihnen grollte es.

„Mist, es gibt ein Gewitter", stellte Judith fest. „Na, bei der Schwüle gestern, kein Wunder. Wir müssen dringend irgendwo anlegen."

„Vorschlag", meinte Anne, „wir fahren auf die andere Seite des Sees und bleiben dort. So schnell kann sich der Missetäter nicht auch noch dorthin bewegen. Vielleicht flüchtet er auch wegen des Wetters."

„Na hoffentlich, aber wir werden es morgen melden."

„Ist denn noch genügend Tau da, um das Boot ordentlich zu befestigen?"

„Ja, ich denke, es reicht."

Mittlerweile trafen sie mehrere Sturmböen. Die Frauen hatten Mühe, das Floß quer über das Gewässer zu bringen. Es ächzte und knirschte empör. Die Planken wurden rutschig, wie eingeölt. Gemeinsam hielten sie das Steuer fest.

Anne zitterte am ganzen Körper, da sie nur eine Jogginghose und ein kurzes Shirt anhatte.

„Oh Mensch, wenn das Floß bloß schneller fahren würde."

„Du meinst, dann hätten wir es noch unter Kontrolle?", erwiderte Judith fragend, die ebenfalls vor sich hin bibberte. Von dem ewigen Auf und Ab war ihr ziemlich übel. Sie hatte die Zeltplanen gut verschlossen, damit es nicht hineinregnete, und stand hier daher auch nur in den dünnen Klamotten, in denen sie geschlafen hatte.

Das Gewitter war inzwischen verdächtig nahe. Über ihnen wechselten sich Blitze und Donner in immer schnellerer Folge ab. Es goss, als hätten sich die Schleusen des Sees umgedreht. Sie waren bis auf die Haut durchnässt.

Endlich erreichten sie das gegenüberliegende Ufer. Überrascht erkannten sie den Anleger eines Campingplatzes. Das Floß schaukelte so heftig, dass Judith es nur mit Mühe mit ihren klammen Fingern an den Pfosten vertäuen konnte.

Schließlich schaffte sie es aber doch und sie konnten den Motor abschalten. Sofort flohen sie ins Innere der provisorischen

Kajüte. „Puh!", stieß Judith aus. „Jetzt brauche ich was Warmes!"

Schnell zogen die Beiden trockene Kleidung über. Judith stellte warmes Wasser für Tee auf. Der kleine Gaskocher verbreitete ein bisschen Wärme. Mit den Händen an den warmen Teetassen, eine Zwiebacktüte zwischen sich, so hockten sie, eingemummelt in die Schlafsäcke, mit den Rücken an der Holzwand. Unter dem Dach baumelten ihre ausgewrungenen T-Shirts, die Hosen und die Unterwäsche zum Trocknen. Über ihnen prasselte der Regen wie ein Trommelfeuer auf das Dach. Als ihre Blicke sich trafen, begann Annemarie unvermittelt an zu glucksen. Aus dem Kichern wurde ein Lachschwall, der ansteckend wirkte. Die Freundinnen lachten, bis ihnen die Tränen kamen.

„Was für ein Abenteuer ... hihi, das glaubt uns keiner", presste Annemarie mühsam hervor und schubste die Tüte zu Judith hin.

„Also, wenn ich den erwischte, der uns losgeschnitten hat ... na warte", drohte diese und machte eine theatralische Faust.

„Das kannst du wahrscheinlich vergessen. Derjenige ist über alle Berge."

Inzwischen zeigten ihre Armbanduhren sechs Uhr morgens. Ans Schlafen war nicht mehr zu denken.

‚Ach, ... schlafen kann man auch tagsüber', beschlossen sie. Sie waren schließlich frei in ihrer Zeiteinteilung. Das Gewitter war vorübergezogen, die Wolken verschwanden eine nach der anderen.

Langsam stahlen sich die ersten Sonnenstrahlen über die Bäume auf der anderen Seite des Sees. Ihre Behausung wärmte sich ein wenig auf.

„Auch auf die Gefahr hin, dass du mich erschießt, weil ich mich wiederhole. Aber, ... ist das nicht schön?", meinte Judith verträumt. Sie hatte die vordere Plane hochgerollt, so dass der Blick auf den Sonnenaufgang frei war.

Anne grinste nur und genoss das Schauspiel der Natur ebenfalls.

„He, wo kommt ihr denn her?", ertönte plötzlich eine männliche Stimme vom Bootssteg her. Ein großer blonder Mann stand, die Hände in die Hüften gestützt, knapp einen Meter neben dem Floß und schaute sie neugierig an.

„Na, von drüben!", erwiderte Anne schlagfertig.

„Aha", meinte er grinsend. Er musterte die Wäscheleine mit ihren bunten Wäschestücken, verkniff sich aber jeglichen Kommentar. „Habt ihr Hunger? Im Bistro gibt es schon ab sechs Uhr dreißig Frühstück."

„Ja, gute Idee, werden wir eingeladen?", fragte Judith keck. Sie meinte es gar nicht ernst, wollte ihren Besucher eigentlich nur foppen. Umso überraschter war sie, als er sie tatsächlich mit einem freundlichen Lächeln einlud.

Die Frauen sahen sich verwundert an. „Na so was", wisperte Anne.

Das Frühstück kam ihnen üppig vor und nach der anstrengenden Nacht war es ein wunderbares Gefühl in einem warmen Raum zu sitzen. Ihr Begleiter entpuppte sich als der Besitzer des Bistros. Daher war es ihm wohl ein Leichtes gewesen, sie einzuladen. Dankbar griffen sie zu.

„Na, ihr scheint ja direkt ins Unwetter gekommen zu sein", das war halb Feststellung, halb Frage von Bernhard, wie er sich vorstellte.

„Ja, eine etwas unfreiwillige Spritztour sozusagen", bestätigte Judith.

„Irgendjemand hat heute Nacht unsere Leinen zerschnitten."

Bernhard zog die Augenbrauen hoch.

„Oha, das ist schon das vierte Mal in diesem Monat, dass sich das irgendein Witzbold erlaubt."

„Ach, es ist schon öfter passiert?", staunte Anne.

„Leider. Wir haben aber noch nicht heraus bekommen, wer es war. Deshalb gehe ich morgens auch des Öfteren zum Strand und checke die Gegend. Ich habe mir doch gleich gedacht, dass ihr nicht freiwillig angelegt habt."

„Das war auch nicht so einfach bei dem Gewitter und dem Sturm."

„Tapfere Mädels!", lobte Bernhard zwinkernd. „Habt ihr ja gut bewältigt, euer Abenteuer. Greift zu und stärkt euch. Seid ihr drei Tage unterwegs?"

„Ja, wir wollen noch weiter in die nächsten zwei Seen und dann kehren wir um", erklärte Judith ihm.

„Ach, dann könntet ihr ja auf dem Rückweg wieder hier vorbeischauen."

„Ja gerne", die Antwort kam wie aus einem Munde. Darüber sie mussten alle lachen.

„Fühlt euch eingeladen. Übrigens, um in den nächsten See zu kommen, müsst ihr durch den kleinen Seitenarm dort hinten, dann kommt eine Schleuse."

„Oh ...!", machte Judith.

Bernhard musterte sie eindringlich, dann zog er eine Visitenkarte aus der Tasche.

„Wenn ihr nicht klar kommt, ruft mich an. Ich bin in einer Viertelstunde dort und kann euch unterstützen."

„Das ist nett von dir", bedankte sich Anne. „Ich hoffe, wir kommen auch ohne dein Angebot klar. So schwer dürfte es nicht sein."

„Wie man´s nimmt. Manche tun sich schwer mit der Schleuse, andere schaffen es mit Leichtigkeit. Aber, wie gesagt, ruft mich an bei Problemen."

Zwei Stunden später schipperten sie bereits in den Seitenarm hinein. Judith hatte während ihres Aufenthaltes auf dem Campingplatz noch den Vermieter über den Anschlag informiert, doch dieser meinte nur, dass man nichts machen könnte bei Vandalen. Die kaputten Taue bräuchten sie nicht zu bezahlen.

„Das wäre ja auch noch schöner", entrüstete sich Annemarie. „Der hat wohl ´ne Meise, der Kerl. Sollen wir vielleicht dafür geradestehen, wenn solche Sachen passieren? Dafür können wir doch auch nichts." Sie redete sich fast in Rage, bis Bernhard sie damit beruhigte, dass ihre gesamte Tour doch versichert sei.

An einer Stelle machten sie wie am Vortag unter Bäumen Halt, deren Zweige tief zum Wasser herabhingen, und schwammen ein paar Runden. Hinterher ruhten sie sich in den Liegestühlen aus, lasen oder schliefen ein wenig.

Es war himmlisch ruhig. Nur die Vögel zwitscherten, die Bienen summten und das Wasser gluckerte. Keine Spur von Alltagshektik, Lärm oder Stress.

„So lässt es sich leben", murmelte Judith und rekelte sich mit geschlossenen Augen wie eine Katze. Mit einer Hand langte sie zum Boden, wo ihr Glas mit Apfelschorle stand. Plötzlich kribbelte es auf ihrer Hand. Sofort fuhr sie in die Senkrechte.

„Iih!", schrie angeekelt, schüttelte das Handgelenk, um mehrere Ameisen loszuwerden.

„Wo kommen denn all die Viecher her?" Anne zog sich soeben an der Reling hoch. Sie war noch einmal zum Schwimmen ins Wasser getaucht, da es schon wieder brutig heiß geworden war.

„Uah!", rief sie. „Dein Getränk lebt!"

Judith stieß das Glas mit samt dem Inhalt in den Kanal. Auf dem Holz krabbelten trotzdem noch eine Menge Ameisen. Sie versuchte, sie mit ihrem Badelaken vom Floß zu wedeln, was geringfügig gelang. Gemeinsam schafften sie es schließlich, sich der Plage zu entledigen.

„Die haben mich gebissen, die Biester", protestierte Judith empört und rieb sich die Arme. Sie schaute nun zum ersten Mal auf die Äste der Weide, unter der sie schwammen. Dort herrschte ein reges Treiben aller möglichen Insekten, im Übermaß waren es Ameisen. Der Grund fiel ihnen dann auch nach weiterer Betrachtung des Ufers auf. Unter dem Baum befand sich ein riesiger Hügel mit großen roten Ameisen.

„Lass uns bloß losfahren", war Annes Antwort. „Hier bleibe ich keine Sekunde mehr."

Dann kam die Schleuse …

‚Ich will umkehren', dachte Judith ängstlich. Aber Anne hatte bereits den Enterhaken an die Leiter der Schleusenwand gehakt und hielt damit das Floß auf der Stelle, denn die Taue waren durch den Anschlag auf das Floß zu kurz geworden. So blieb ihnen nichts anderes übrig, als es mit dem Peekhaken zu versuchen.

Judith stand am Ruder und wartete auf grünes Licht der Schleusenampel. Zum Glück waren sie die Einzigen, welche die Schleuse passieren wollten. Zuvor hatten sie noch den Schleusenvorgang selbst in Bewegung setzen müssen, denn einen Wärter gab es nicht. Alles, was zu tun war, stand groß und deutlich auf einem Schild über der Schleusenwand. Das Wasser sank ziemlich schnell, fand Judith. Anne hatte Mühe mit der Balance und damit, das Floß an einer Stelle zu halten. Es driftete ziemlich heftig weg.

„Oh oh oh, meine Arme!", keuchte sie.

Gefühlte hundertzwanzig Minuten später konnte sie loslassen. Es waren allerdings keine zehn Minuten vergangen. Judith manövrierte das Gefährt vorsichtig aus dem Schleusenbereich.

„Puh", machte Anne. „Ich weiß nicht, ob ich das noch mal schaffe." Sie lockerte kräftig die Oberarme.

„Da bleibt uns wohl nichts anderes übrig, als morgen bei Bernhard anzurufen", schlug ihr Freundin vor.

„Vermutlich", Anne stieß laut den Atem aus. „Ist ja auch ganz nett, der Bernhard, oder?" Sie grinste.

„Was ist?" Judith schaute sie mit großen Augen an.

„Du fandst ihn doch nett."

„Klar, aber ... wir machen Frauenurlaub. Da hat kein Mann was zu suchen."

Anne lachte. „Nee, aber zum Essen einladen können uns die Mannsbilder trotzdem, nicht wahr! Ruf ihn man morgen an, wenn wir an der Schleuse sind. Soll er mal seine Muskeln spielen lassen."

Sie kicherten bei der Vorstellung.

„Ach Bernhard, du starker Jüngling des späten Frühlings, komm´ und hilf uns in unserer Not!", sang Anne fröhlich vor sich hin. Die Anspannung war gewichen.

„Das ist einfach nicht mein Ding", murmelte Judith, als sie mit dem Klappspaten in den Wald hineinstiefelte, an Wacholdersträuchern und Heidelbeerfeldern vorbei.

‚Alles andere bei diesem Ausflug ist in Ordnung', dachte sie, ‚trotz der kleinen Zwischenfälle. Die traumhafte Landschaft, die wunderschönen Auf- und Untergänge der Sonne, das Relaxen und Schwimmen in den klaren Gewässern, ohne etwas am Körper zu tragen, unsere kleinen Picknicks, das ist alles super. Aber eine Grube in der Walachei ausheben, um die Notdurft zu verrichten, na ja, darauf könnte ich verzichten.'

Auf dem Rückweg entdeckte sie über ihrem Kopf einen Buntspecht, der emsig ein Loch in eine hohe Fichte schlug. Sein

‚Tock, tock, tock, tock' verfolgte sie noch lange. Ein Eichhörnchen huschte direkt vor ihre Füße und war auch schon wieder auf dem nächsten Baum verschwunden, während sie ihm nachsah. Sie lächelte, aber im gleichen Augenblick gefror das Lächeln auf ihrem Gesicht.

Mitten auf dem schmalen Waldpfad, den sie eben noch in entgegengesetzter Richtung entlang gelaufen war, lag etwas. Es sah aus wie ein riesiges Bündel aus rotem Stoff. Judith hoffte, dass es dies auch wirklich war. Vorsichtig trat sie heran.

Plötzlich drehte sich das Bündel herum, schnaubte und hielt auf sie zu. Vier Beine konnte sie erkennen, aber sonst? In der nächsten Sekunde warf sie der Kreatur den Klappspaten an den Kopf und rannte Richtung Wasser davon. Hinter sich hörte sie ein wütendes Schnauben. Das Untier verfolgte sie im kräftigen Galopp.

„Aah ... Hilfe!", schrie Judith. „Hilfe!" Es waren noch mindestens zwanzig Meter bis zum Floß. Sie sah die Silhouette schon vor sich, doch der Verfolger kam ständig näher, obwohl er durch den großen Stofffetzen behindert wurde.

Vor ihr tauchte plötzlich eine Gestalt auf, wild mit den Armen fuchtelnd und brüllend. Sie raste ihr fast in die Arme.

Doch der Mann, kurz nahm sie wahr, dass es sich um Bernhard handelte, warf sie mit einem Schwung ins Wasser, wo sie nach Luft schnappend unterging, wieder auftauchte und gerade noch mitbekam, wie Bernhard einem Keiler das rote Tuch vom Rücken riss, selbst eine Kehrtwende vollzog und ihr ins Wasser nachhechtete.

Dies alles war so schnell passiert, dass Judith nur noch hektisch und instinktiv zum Floß schwamm. Bernhard folgte ihr. Der Keiler war bereits wieder umgedreht und in den Wald hineingelaufen. Er hatte sein Ziel erreicht und die Eindringliche verjagt.

„Meine Güte!", rief Anne begeistert. „Das war ja *Oskar-reif*!" Sie half ihrer Freundin an Bord. Bernhard zog sich ebenfalls auf die Planken.

„Der Spaten ist weg", keuchte Judith, nachdem sie, auf dem Holz des Floßes sitzend, wieder einigermaßen zu Atem gekommen war. Im selben Moment ging ihr auf, wie blöd sich das anhören musste. Wie auf Kommando brüllten die Drei vor Lachen los.

Judith hielt sich den Bauch, bis sie sich beruhigte und wandte sich an Bernhard.

„Danke, dass du mich gerettet hast. Wieso bist du eigentlich hier?"

„Anne hat mich angerufen und gesagt, dass ihr gleich an der Schleuse seid. Habe gedacht, dass ich euch noch etwas Gesellschaft leisten könnte und bin mit dem Rad hergekommen", erklärte er ihr. Jetzt erst bemerkte sie das Geländerad, das an einem der Pfosten stand.

„Na dann, besonders herzlich Willkommen", griente Judith.

Sie schipperten zur Schleuse und mit Bernhards Hilfe war es kein Problem mehr hindurchzufahren. Unterwegs köpften sie die letzte Flasche Rotwein und im Abendlicht aßen sie auf der Terrasse des Bistros geräucherte Forellen. Beim Abschied am Floß drückte ihr neuer Freund beide fest an sich und nötigte ihnen ab, auf jeden Fall wiederzukommen.

Sie tauschten die Telefonnummern und Adressen aus.

In diesem Moment tauchten allerdings zwei Polizisten zwischen den Campingwagen auf. „Hallo!", rief der eine. „Sind Sie der Besitzer dieser Anlage?"

Bernhard runzelte die Stirn und sah die Frauen an.

„Moment bitte ...!", raunte er ihnen zu und ging zu den Herren hinüber.

„Was kann ich für Sie tun?", fragte er die Polizisten. Dann folgte ein kurzer Wortwechsel, welchen Anne und Judith nicht verstanden. Die Männer blickten zu ihnen herüber, die Polizisten nickten ihnen zu und grüßten Bernhard kurz, woraufhin sie wieder verschwanden.

„Was war das denn?", fragte Annemarie, als Bernhard zu ihnen kann.

Er schüttelte ungläubig den Kopf.

„Ihr glaubt es nicht. Man hat den Mann geschnappt, der die Taue durchschneidet."

„Was? Das ist ja toll! So schnell?" Judith bekam vor Eifer richtig rote Wangen.

„Sie hatten Zivilfahnder darauf angesetzt", erklärte Bernhard. „Nun haltet euch fest. Es war der Besitzer. Versicherungsbetrug."

Die Frauen sahen ihn erstaunt an.

„Er wollte, dass die Flöße richtigen Schaden nehmen. Wenn ihr nicht so gut aufgepasst und das Floß so gut gesteuert hättet, wäre sicherlich mehr passiert."

„Aber", begann Judith verwirrt, „der junge Mann, der uns eingewiesen hat, war doch so nett."

„Ach, der ist nur ein Angestellter. Ich kenne ihn gut, Philipp heißt er. Auf den ist Verlass. Aber der Eigentümer muss wohl die Fahrten seiner Flöße beobachtet haben und hat nur auf die Gelegenheit gewartet, sie zu sabotieren. Ihr hattet Glück, aber ein weiteres Floß, das an diesem Wochenende unterwegs war, ist in einer anderen Schleuse hängen geblieben, so dass alles, was sich auf dem Floß befand, ins Wasser gerutscht ist. Da die Leute abgesprungen sind, was verständlich ist, trieb es führerlos umher und zersplitterte schließlich."

„Oh, wie schrecklich", stöhnte Anne auf. „Denen hätte ja sonst was passieren können."

„Das stimmt", erwiderte er. „Wie sie ihn erwischt haben, weiß ich nicht. Hauptsache, der Spuk ist vorbei."

Judith wandte sich dem Floß zu. Bernhard legte eine Hand auf Judiths Arm. „Die Flöße dürfen vorerst nicht mehr fahren, wegen der Sicherheit. Also, wenn ihr wollt, bringe ich euch mit euren Sachen zum Anleger. Habt ihr dort ein Auto stehen?" Sie nickten.

„Schade", meinte Anne, „ich hätte gern noch eine Nacht auf dem Floß verbracht. Und jetzt müssen wir auch noch im Dunkeln mit dem Auto nach Hause fahren."

„Na ja, geht wohl nicht anders", entgegnete Judith resigniert.

Gemeinsam schafften sie ihre Habe vom Floß herunter. Bernhard half ihnen. Doch dann hielt er unvermittelt inne.

„Wisst ihr was, ich habe noch einen freien Wohnwagen auf dem Platz, nicht weit vom Bistro entfernt. Wenn ihr Lust habt, übernachtet doch dort. Und morgen fahren wir dann zu eurem Auto.‟

„Hey, klasse!‟, rief Anne. „Die Nacht ist gerettet.‟ Sie warf sich ihr Gepäck über die Schulter und lief zielstrebig Richtung Bistro.

Judith lächelte Bernhard zu. „Danke, du bist wirklich ein toller Freund.‟

Er machte einen angedeuteten Diener und grinste.

„Immer zu Diensten, meine Gnädigste.‟

Im selben Augenblick zog er sie an sich und küsste sie sanft auf die Lippen.

„Ein besonderer Service‟, flüsterte er ihr ins Ohr.

Judith schloss glücklich die Augen.

*

Herzensglut

Plötzlich ist sie da, die Herzensglut,
greifbar nahe und doch in der Unendlichkeit lie-
gend, einem wärmenden Zittern gleich.
Du liebst!   **S.W.**

Musik für die Kinder

‚Zauberlächeln der Melodie,
sag´, hast du mein Herz erweckt,
hast die Sorgen davongeblasen,
dass Liebe und Hoffnung erstrahlen?‘

Es war bereits Anfang Dezember. Die frostig feuchte Luft hatte Eisblumen auf die Fensterscheiben des kleinen Häuschens in den Vierlanden gemalt. Ein altes Bauernhaus mit Butzenscheiben war es, renoviert durch die Leute, welche im November dieses Jahres dort eingezogen waren. Das Haus hatte schon viele Bewohner beherbergt und immer wieder wechselten diese mal.

„Ach ja", stöhnte es in seinem Gebälk. „So viele sind es gewesen. Wie wohl meine neuen Besitzer diesmal sein werden?"

Mit Abscheu erinnerte es sich an die letzten Mieter. Wände hatten sie heraus gerissen, tragende Wände, bis ihnen fast das halbe Dach auf den Kopf gefallen war. Und anstatt alles ins Lot zu bringen, waren sie schließlich einfach ausgezogen und hatten eine Spur der Verwüstung hinterlassen. Es dauerte lange, bis sich jemand erbarmte und das Haus kaufte. Aber nun gab es neue Hoffnung in seinem Dasein.

Während es noch seinen Gedanken nachhing, hörte es Stimmen, die sich ihm über den Gartenweg näherten:

„... und dann räumen wir das Wohnzimmer ein wenig frei. Dann passen noch mehr Leute hinein!" Der Eifer, mit dem die junge Frau diese Worte an ihren Begleiter richtete, war nicht zu überhören. Dieser blähte die Backen auf.

„Na ja, das hört sich ja alles ganz gut an. Aber ...!"

„Robert bitte, stell dir doch mal vor, wie all die kleinen Kinderaugen glänzen würden und dann wäre es doch auch eine Superwerbung für die Kinderkirche."

„Ok, ok, das ist dein Projekt, du planst alles und ich gehe dir zur Hand. Aber Andy muss auch mithelfen. Es bleibt nicht mehr viel Zeit und ...!"

Er kam nicht weiter, kurz vor der Haustür fiel ihm die Frau um den Hals und küsste ihn. „Ich danke dir! Ach, du bist doch der Beste."

„Na los, sprecht doch weiter!", forderte das Haus. „Ich will auch wissen, was ihr plant. He, hört auf mit der Küsserei!" Aber die Beiden gingen bereits Arm in Arm durch die Eingangstür und riefen nach Andy.

Bisher hatte sich das Bauernhäuschen noch nicht die Mühe gemacht die neuen Menschen genauer zu betrachten. Viel wichtiger war ihm gewesen, dass es endlich wieder instand gesetzt worden war, dass seine Mauern und das Dach gestützt wurden und die Wände einen neuen Anstrich erhielten. Nun aber richtete es seine Aufmerksamkeit zum ersten Mal intensiver in sein Inneres.

Andy, ein weiterer junger Mann, saß im Wohnzimmer auf einem etwas höheren Hocker, hatte ein Gerüst vor sich stehen und eine kurze Holzstange in der Hand, in die er hineinblies. Das Häuschen musste kichern.

„Das sieht ja witzig aus." In diesem Moment aber erklangen zarte Töne aus der Stange in einer Folge, die einem das Herz öffnete.

Jawohl, auch ein Bauernhaus hat ein Herz. Und *unser* Häuschen sowieso. Jetzt lauschte es der Musik wie verzaubert. Und als der Flötist durch die ankommenden Freunde aufhörte zu spielen, bedauerte es dies.

„Hallo, da seid ihr ja", begrüßte er das Paar.

„Unser Mädel hat mal wieder einen Plan", begann Robert seufzend. Andy grinste und legte die Querflöte aus der Hand.

„Na dann schieß mal los, Rebecca", forderte er seine Mitbewohnerin auf, während er sich auf ein rotes Sofa warf, welches in einer Nische stand.

Unser Häuschen spitzte die Ohren, denn was es nun erfuhr, sollte für seine Zukunft eine große Rolle spielen.

Unerwartet früh begann es in diesem Jahr zu schneien. Der Nikolaustag war gerade vorbei. Schon eine Woche später fielen mächtig große Flocken auf die Wiesen und hüllten alle Bäume und Pflanzen in weiße Schneewatte.

Es hatte nicht viel zu Nikolaus gegeben im Waisenhaus St.Martins in Curslack. Dadurch, dass man im November den Dachstuhl reparieren musste, fehlten die Gelder für Sonderaktionen.

Die Betreuer hatten sich aber alle Mühe gegeben, ihren Schützlingen eine kleine Nikolausfeier auszurichten mit selbst gebackenen Kuchen und für jedes Kind einen Schokoladenweihnachtsmann. Sie sangen und spielten miteinander und trotz manch trauriger Erinnerungen stahl sich ein Strahlen in die Gesichter der elternlosen Kinder.

Nunja Petersen, der Leiter des Hauses, war gerade im Begriff einen Brief zu öffnen, als das Telefon klingelte.

„Petersen?", meldete er sich.

Seine Stimme klang dunkel und voll. Eine Bassstimme sozusagen, wie Seebären sie haben oder bärtige Norweger. Man sah ihm an, dass sein Geburtsland im Norden lag. Blond war er und kräftig gebaut mit strahlenden hellblauen Augen und mit Gemütlichkeit im Blick.

Nunja liebte seinen Job, besonders weil er eben Kinder liebte. Er hätte sie alle auf einmal herzlich in seine Arme schließen können, wenn das gegangen wäre.

Bei jeder Begegnung mit einem seiner Schützlinge konnte er es nie unterlassen, dem Kind kurz über den Haarschopf zu streicheln. Die Kinder mochten ihn ebenfalls und zeigten es ihm, jedes auf seine Weise. Hinter seinem Rücken nannten sie ihn liebevoll ‚Teddy'.

Jetzt horchte Nunja Petersen aufmerksam in die Telefonmuschel. Mit jeder Minute wurden seine Gesichtszüge fröhlicher. „Ja, gerne", erwiderte er. „Eine fantastische Idee ... ja, natürlich bin ich einverstanden. Prima! Gut, ich bereite alles vor. Am 21. Dezember also, 16 Uhr. Herzlichen Dank!" Mit einem euphorischen Schwung legte er den Hörer auf die Gabel. Das hört sich für die Handy-Generation und die Funktelefonierer natürlich eigenartig an. Aber das Waisenhaus besaß tatsächlich noch einen alten Telefonapparat mit einem Hörer an einer Schnur. Nunja lehnte sich grinsend zurück. ‚Es gibt immer wieder mal ein kleines Wunder', dachte er. ‚Und diesmal ist es für uns bestimmt.' Er würde sofort eine Mitarbeiterbesprechung einberufen. Alle mussten es erfahren.

Kinderfüße trippelten über den Weg zum Haus herüber. Der Weg war mit kleinen Gefäßen gesäumt aus denen lustige Feuer flackerten. An den alten Obstbäumen im Vorgarten hingen unzählige Laternen. Ihr Licht wurde von den Eiskristallen reflektiert, denn es lag immer noch eine Lage Schnee auf der Wiese, den Baumästen und dem Kiesweg. Auch dem Bauernhaus hatte der Wintereinfall eine weiße Haube verpasst. Jedes seiner Fenster war mit einer Lichterkette geschmückt und über der Eingangstür war kunstvoll eine Tannengirlande mit elektrischen Lämpchen drapiert.

Das Häuschen versuchte mit den Laternen um die Wette zu strahlen, denn heute war ein besonderer Tag. Der Tag des
großen Ereignisses. Der Tag, an dem Rebecca und ihre Freunde alle Kinder der
Umgebung zu einem Mitmach-Konzert
eingeladen hatten.

Unzählige Male hatten die Drei inzwischen zusammen gesessen, geplant und
geprobt, Rebecca mit dem Klavier, Andy
mit seiner Flöte und Robert mit seiner
Trompete. Rebecca hatte ein kindgerech-
tes Programm entwickelt.

Der Gemeindepastor war da gewesen,
hatte versprochen mitzumachen und die
Eltern zu mobilisieren. Und Herr Petersen
vom Waisenhaus war sowieso hellauf begeistert von ihrer Idee.

Sie alle strömten nun durch die Haustür
des überraschten Häuschen, denn so etwas hatte es noch nie erlebt. So viel Tru-
bel, solch eine Menge Gäste. Die Gruppe
der Kinder aus dem Waisenhaus durfte
sich als die Ersten in der guten Küche mit
Schinken- und Käsebrötchen stärken. Dazu gab es warmen Zitronentee. Zwei riesige Töpfe davon standen auf einem
Tischchen unter dem Fenster.

Eine der Betreuerinnen hatte es übernommen, Essen und Getränke an die Kinder zu verteilen.

Unser Haus versuchte den Geruch einzuatmen. ‚Herrlich!‘, dachte es. ‚Man kann Zitronentee also auch inhalieren.‘

Die Kinder, die mit ihren Eltern gekommen waren, viele davon gingen regelmäßig zum Pastor am Samstag in die Kinderkirche, setzten sich auf den Teppich oder auf Bänke einer Biertischgarnitur in der guten Stube und schnatterten miteinander, nachdem sie ebenfalls mit Tee und Brötchen versorgt worden waren. Es wurde richtig eng in dem Raum.

Trotzdem blieb noch ein wenig Platz für die drei Musiker, die ihre Instrumente und Noten gesondert an einer Seite aufgebaut hatten. Rebecca lief aufgeregt durch die Räume. Schließlich war der Zeitpunkt der Begrüßung gekommen.

Unser Häuschen war richtig angespannt. Jetzt, jetzt endlich ging es los.

„Liebe Kinder, liebe Gäste“, begann Rebecca und sah in die große Runde. Es passte tatsächlich kaum noch jemand in das Wohnzimmer. „Wir freuen uns riesig, dass so viele unserer Einladung gefolgt sind. Insbesondere begrüße ich heute alle Kinder, denn für euch soll diese Musik sein. Der Gruppe aus St. Martins möchten wir heute ein tolles Angebot machen." Sie lächelte die Waisenkinder herzlich an.

„Ihr dürft von nun ab jede Woche einen musikalischen Kindernachmittag besuchen. Ihr habt vielleicht bemerkt, dass alle Erwachsenen Eintritt bezahlt haben. Dieser Betrag wird eurem Kinderheim zugutekommen, für Dinge, die ihr dringend braucht."

 Die Kinder begannen zu johlen und zu klatschen. Manch einem Erwachsenen standen die Tränen in den Augen.

Verstohlen wurden sie fortgewischt.

„Und ihr Kinder von der Kinderkirche, euch möchte ich anbieten, dass ihr euer Kinderkirchentreffen gerne mal mit uns Musiker verbringen dürft. Wann, das besprechen wir mit dem Herrn Pastor."

Begeistert klatschten alle in die Hände.

„Ja und am Ende des Jahres möchten wir wie in diesem Jahr jetzt immer solch ein Mitmach-Konzert anbieten", sie blickte zu den Eltern, „zu Gunsten des Kinderheimes St.Martin." Dann wieder an die Kinder. „Wer inzwischen ein Instrument gelernt hat, darf sich auch musikalisch beteiligen. Und wenn es gut klappt, werden wir mit euch in der Kirche ein Kinderkonzert zugunsten des Kinderheimes veranstalten."

Alle waren überwältigt, Applaus entflammte und die Kinder sahen sich schon als Künstler in der Kirche. Die Eltern lächelten sich an.

Unvermittelt begann Andy, der Flötist, in diesem Moment eine Melodie zu spielen. Sofort wurde es ganz still. Sacht spielte er zu Anfang, dann eindringlicher, einmal melancholisch, dann wieder fröhlich und immer herrlich melodisch.

Das Bauernhäuschen seufzte.

Schön! Es klang so schön!

In den Augen der Kinder schimmerte der Glanz der Lichterketten, die an den Wänden und an den Fenstern hingen. Mucksmäuschenstill lauschten sie den wunderbaren Klängen.

Dann, kaum vernehmbar, setzte plötzlich das Klavier ein bis Rebecca schwungvoll mit den Fingern über die Tasten glitt und ihr Spiel sich mit dem der Flöte vereinte. An einer Stelle hob Robert schließlich seine Trompete an die Lippen und spielte ‚der Engel Heeresscharen' in Begleitung der anderen Instrumente.

Fast konnte man die vielen herrlichen Gottesboten durch den Raum schweben sehen.

Es dauerte ein paar Sekunden, bis sich die Zuhörer vom Bann der Musik befreien konnten und bemerkten, dass das Stück beendet war. Dann aber klatschten alle jubelnd.

„Nun seid ihr aber dran!", verkündete Rebecca. Flugs verteilte sie eine Reihe Orff´scher Instrumente, die der Pastor aus dem Gemeindekindergarten mitgebracht hatte.

Jedes Kind bekam entweder eine Rassel, ein Xylofon, eine Triangel oder eine Trommel. Zwei der Kinder durften sogar neben Rebecca am Klavier Platz nehmen und auf zwei, drei der Tasten mitspielen.

Andy gab mit seiner Flöte den Ton an. Dann spielten und sangen sie ‚Schneeflöckchen Weißröckchen, wann kommst du geschneit', sozusagen mit Pauken und Trompeten.

‚Na ja', dachte das Häuschen. ‚Komische Frage. Es hat doch schon geschneit.'

Als es sich wiederum der äußeren Atmosphäre zuwandte, bemerkte es, dass doch wirklich erneut dicke, weiße Flocken vom Himmel herunterfielen.

Etwas verblüfft um die Wirkung des Liedes begann es hinauf in den Himmel zu schauen.

Und zwischen all den Milliarden und Abermilliarden Schneeflocken meinte es ein helles Licht zu entdecken. Ein Licht anderen Ursprungs als das Licht der Sonne am Tage.

Und es meinte, dass jemand ihm zuflüsterte: „In einem Haus, in dem man singt und Musik macht, ist Gottes Liebe gewiss!"

*

Himmelsgeschenk

Du schläfst, mein Kind!
Eine unglaubliche Zärtlichkeit
überkommt mich -
wie du so daliegst,
so klein, so verletzlich.
So hilflos,
ohne Ahnung vom Bösen.
Deine Paustbäckchen glühen,
deine Wimpern zittern im Traum
unschuldig und zart.
Und es kommt mir so vor
als hätte dich mir
der Himmel geschenkt.
S.W.

Glückszauber

Auf den Wellen der geistigen Anmut, getragen von beständiger Lebensenergie, erreicht mich Tag für Tag ein Gefühl, ein Gedanke, ein Zauber, *das Glück*!

Habe ich es verdient, dass mich jeden Morgen ein weiterer Lebenskuss weckt?
Sind meine Schulden bezahlt für das Vogelgezwitscher in den Bäumen, für den Duft der regennassen Wiese, den Anblick der tanzenden Schmetterlinge im Sommerflieder, für meine Familie, die mir so oft Glückseligkeit schenkt?
Habe ich eigentlich schon die Vielfalt der Natur bemerkt, die mir wie ein riesiges Schauspiel kostenlos dargeboten wird, immer wieder aufs Neue?
Welch ein Glück! Und welch ein Glück, dass ich Nahrung und ein Dach über dem Kopf habe, was für ein Glück!
Womit habe ich dieses Glück verdient? Sind es Zufälle oder das Werk einer höheren Macht?
Was weiß ich schon darüber? Kein Funke der Erkenntnis trifft mein Herz.
Und doch, es sprühen alle Tage kleine und große Glücksfunken durch mein Le-

ben, wärmen meine Gedanken, kitzeln Fröhlichkeit aus mir heraus.

Ein nettes Wort, ein herzlicher Blick aus den Augen eines Menschen, ein spontanes Lachen mit Freunden, eine liebevolle Umarmung.

Was ist es, das diese Augenblicke so kostbar für uns macht?

Sie sind wie wertvolle Perlen, die man im Herzen sammelt. Kleine Glücksperlen, aufbewahrt in einem Gefäß voller Liebe, auf die man zurückgreifen kann, sollte die Stimmung sinken.

Dankbar wird man jede einzelne aufnehmen, sie betrachten in Erinnerung der Lebenssituation, die einem dieses Glücksgefühl einst schenkte.

Dann verzaubern sie uns für eine Moment, einen wahrhaftigen Glücksmoment, stärken uns und geben uns inneren Frieden.

*

In diesem Sinne sollten diese Wellenschläge des Lebens Ihr Herz berühren und beflügeln, liebe Leserin und lieber Leser, um die Vielseitigkeit der Schöpfung zu erkennen.

Ihre Silke Wojtowitz

Ein kleiner Hinweis:
Die Vorworte zu jeder Geschichte sowie die Gedichte bzw. Gedichtausschnitte stammen alle aus meiner Feder oder sind Zitate aus meinen Romanen.

***Mein besonderer Dank** gilt*
meiner Schwester Bärbel Dussa, die meine Texte mit viel Spürsinn durchgesehen und korrigiert hat.
Wieder einmal hat mein Sohn Adrian das Cover nach meinen Wünschen kreativ gestaltet, wofür ich ihm ebenfalls herzlich danke und ihn umarme.
Inspiriert haben mich viele meiner Mitmenschen, was oft auch zur Erheiterung beitrug.
Ich musste es einfach aufschreiben!
Also Dank an meine Familie, an meine Freunde und Bekannte, welche mir teilweise ungeahnt Anregungen gaben.*

*Jede Ähnlichkeit mit lebenden Personen
ist aber rein zufällig.

S.W.

ISBN 3-937791-18-3
zu bestellen bei der Autorin unter
www.siltowi.de oder per e-mail@siltowi.de

Auf dem Gelände Grotte di Catullo in Sirmione ent-
deckt die Studentin Sirina eine unterirdische Höhle.
Dort hängt über einer Schwefeltherme eine riesige
Kristallnadel, die durch Berührung zu rotieren be-
ginnt. Die Erde bebt, Vulkane brechen aus, das
Chaos beginnt ...
„Packender Lesestoff für Tage,
in denen man ungestört abtauchen will!"

Schwimmendes Gedicht

Es fließen die Worte,
die Sätze erblühn,
des Dichters Gedanken
entflammen hier kühn.
Wie Wellen, so rollt
Fantasie übers Blatte,
Erinnerungsfunken,
so bunt er sie hatte.
In fuchsienroten
azurblauen Tinten
entwickelte Verse,
von vorn wie von hinten.
Wie halblautes Echo
erklimmen Ideen
die Wellenkämme
bereits beim Entstehen.
In Wasserschlössern
verborgen im Turme
die Geistesblitze
erobern im Sturme.
Die Brandung schlägt hart
an die Lyrikküsten,
der Einfall des Dichters
erleuchtet gar Wüsten.
Mit Schöpferkraft,
Illusionen und Licht
erscheint da die Kunst
wie ein schwimmendes Gedicht.

S.W.

ISBN 3-86703-662-4, ISBN 3-86703-663-2
zu bestellen bei der Autorin über
www.siltowi.de oder per e-mail@siltowi.de

„… utopisch und doch so nah
bei der Wirklichkeit!
Man muss einfach dabeibleiben."